KB269277

청소년을
위한
사랑의
기술

청소년을 위한
사랑의 기술

초판 1쇄 인쇄 | 2013. 11. 1
초판 1쇄 발행 | 2013. 11. 5
지은이 | 유재화
펴낸곳 | 자유로운상상
펴낸이 | 하광석
디자인 | 블룸

등　록 | 2002년 9월 11일(제 13-786호)
주　소 | 서울시 성북구 장위동 231-187 102호
전　화 | 02-392-1950　팩스 | 02-363-1950
이메일 | hks33@hanmail.net

ISBN 97889-90805-66-9(43800)

· 사전 동의 없는 무단 전재 및 복제를 금합니다.
· 잘못 만들어진 책은 바꾸어 드립니다.
· 책 값은 뒤표지에 있습니다.

이 도서의 국립중앙도서관 출판시도서목록(CIP)은 서지정보유통지원
시스템 홈페이지(http://seoji.nl.go.kr)와 국가자료공동목록시스템
(http://www.nl.go.kr/kolisnet)에서 이용하실 수 있습니다.
(CIP제어번호 : CIP2013021122)

유재화 지음

자유로운 상상

자유로운 상상

　　스스로의 의지나 요구보다는 학교와 사회가 원하는 존재가 되기 위해서 내가 원하는 것을 포기해야만 하는 현재, 우리 청소년의 삶은 행복한가.

　　오늘날 우리 청소년들의 고민거리 1위는 공부, 성적, 적성에 관한 것이다. 최근 2010년의 통계수치에서 그런 고민이 60%에 달하는 것으로 나타났는데, 그 수치는 2002년도에 비해서도 10%정도 증가했다는 사실이 특히 주목된다. 시간이 흐를수록 사회전반적인 경쟁체제가 가속되다보니 학교에서부터 성적과 입시경쟁 또한 갈수록 심화되어 그 스트레스는 고스란히 우리 청소년들의 삶의 질에 영향을 끼칠 수 밖에 없다.

　　학교에서 배우는 것은 남을 이기는 방법, 내가 남보다 뛰어나기 위해 암기해야 할 공식들뿐이다. 진지하게 자신의 미래에 대해 고민하고 스스로가 진정 원하는 것이 무엇인지 생각해볼 시간은 없다. 조금만 머뭇거리면 날카로운 채찍이 날아든다. 어느덧 청소년들의 해쓱한 얼굴에는, 여린 마음에는, 그 지친 어깨에는 서글픈 상처만이 낭자하다.

　　열정과 신념, 자유와 책임, 배려와 절제 따위의 개념은 코 묻은 휴지처럼 오래전에 버려졌다. 대신 그 자리에 채워지고 강요되는 것들은 경쟁과 갈등. 그로인한 분노와 좌절, 실패와 절망의 감정들뿐이다. 습관적으로 눈부신 내일을 꿈꾸고 안정되고 풍요로운 미래를 위해 노력하지만 아이들의 마음에는 어느새 병이 깊다.

청소년기는 가치관이 미처 정립되지 못한 불완전한 시기이므로 주위의 시선이나 평가에 쉽게 흔들릴 수 있다. 특히 함께 생활하는 친구들이나 주위사람들의 평가에는 더욱 민감하므로 현재의 능력이나 조건에 대하여 섣부른 평가나 질책은 위험하다. 그들은 아직 발현되지 않은 무한한 가능성과 능력을 더 많이 내포하고 있기 때문이다. 그럼에도 어른들은 아이들에게 자신들의 못다 이룬 꿈을 투사하고 강요하며 어서 빨리 어른이 되라고 다그친다. 그렇게 상처받은 아이들은 버릇처럼 스스로를 죽이고 친구들에게 분노의 칼날을 들이대며 미처 성숙되지 못한 불안한 영혼으로 세계의 끔찍한 미래를, 자신의 황홀한 내일을 절망적으로 꿈꿀 뿐이다.

우리 청소년들은 휴식이 필요하다.

일등이 아니면 아무것도 아닌 세상, 경쟁에서 이기지 못하면 바보가 되는 학교, 우울한 자신을 숨기려 안으로만 숨어드는 어두운 방구석에서 스스로 걸어 나오게 아무 사심 없는 빈칸BLANK을 내주어야 할 때이다.

그곳에서 마음껏 그들만의 미래를 꿈꿀 자유를, 내일이 기대되는 열정을 갖게 하자. 한 번도 상처받지 않은 것처럼 마음껏 자신의 상처를 핥고 어루만질 따뜻한 기술을 허용하자.

2013년 10월 유재화

차례

내 삶의 주인은 누구

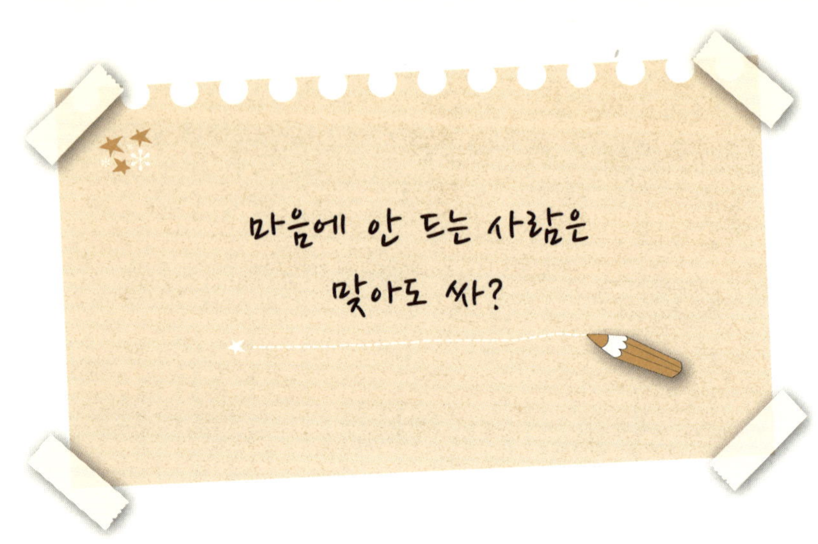

"장은경 너 거기 서-! 안 서-?!"

뒤에서 자신을 부르는 소리를 들었지만 은경이는 모르는 체 앞만 보고 걷고 있었다.

하교시간, 아이들이 쏟아져 나오는 교문 밖 골목 어귀로 막 들어서는 은경이는 또다시 철렁 내려앉는 가슴을 다잡으며 걸음을 재촉했다.

"아 씨~××! 귓구녁이 처막혔냐?! 거기 안 서~!"

다음 순간, 익숙한 욕설과 함께 은경이의 목덜미가 거칠게 잡아채였다. 그리고 제대로 반항할 겨를도 없이 거친 손길들에 이리저리 끌려가기 시작했다.

중학교 2학년인 은경이는 중학교에 들어온 뒤로 벌써 2년째 학교에서 힘세고 좀 노는 아이들에게 얻어맞고 있었다. 처음엔 반항도 하고 따지기도 했지만 같은 여자아이들이라고 해도 대여섯이나 되는 패거리를 혼자 당하기엔 무리였다.

"재수 없어…얌전하고 착한 척 하는 거-!"

아이들은 은경이를 이런 이유로 구박하기 시작했다. 내성적이고 온순한 성격의 은경이는 일부러 그런 게 아니었는데도 다른 아이들의 눈에는 거슬리는 존재였다. 그래서인지 틈이 날 때마다 괴롭혔다.

"재 하는 건 맘에 드는 게 하나도 없어, 퉤~!"

"나도! 걸을 때는 왜 또 저렇게 어깨를 흔드냐?"

"급식 먹을 때 봤어? 국물 한술도 안 남기고 싹싹 먹는 것도 재수 없어~ 우웩!"

"헐~! 그뿐이 아니야, 저년은 잘 씻지도 않아요! 옆에 가면 왠 썩은 내가 그렇게 나냐? 머리도 하도 안 감아서 개기름이 질질 흐르지… 저런 건 맞아도 싸!"

아이들은 은경이가 하는 모든 행동이 마음에 들지 않는다고 뒤를 쫓아다니며 때리고 욕을 하고 돈을 빼앗는 것은 물론 그보다 더 심한 짓도 서슴지 않았다. 그러한 폭행과 폭언은 날이 갈수록 심해져갔다. 처음엔 장난처럼 그냥 한 대씩 툭툭 건드리거나 비웃음을 흘리는 정도였다. 친구가 많지 않았던 은경이는 그것을 친구가 되자는 신호인 줄로 알았다. 그래서 그냥 웃으며 대꾸하고 '장난'처럼 받아주었던 것이다. 시간이 갈수록 아이들의 장난은 장난이 아닌 상황으로 치달았으나 그것을 되돌리기에는 너무 시간이 흐른 뒤였다.

은경이로서는 당할 때마다 기가 막히고 분하고 억울할 따름이었으나 어디에 하소연을 해야 할 지 알 수 없었다. 처음엔 담임 선생님께 알려보기도 했으나 그때마다 은경이를 괴롭히던 아이들은 더욱 심하게 보복을 해왔다.

"이게 겁도 없이 꼰대한테 고자질을 해? 애들아… 저게 아직 덜 맞아서 그런 거지?"

"맞아, 좀 더 맞아야 돼! 하는 짓도 맘에 안 들더니 이제는 맞을 짓을 골라서 하는구나?"

"야…정말 왜 그러니? 내가 너희들한테 뭘 잘못했다고 그래?"

"헐~~ 정신 못 차리는 데는 매가 약이라는 말이 있잖아? 저 또라이 년 정신 좀 차리게 해주자!"

"잠깐…저러다 다음번에 경찰에 알리면 어떡하지? 오늘까지만 벌주고 그만하자…이젠 반성하겠지!"

그 무리 중에는 이렇게 나오는 아이도 있었으나 좀더 강경한 아이들의 기세에 밀려 더 강하게 반대하거나 하지는 못하고 있었다. 반 친구들도 이미 은경이가 이유 없이 심한 폭행을 상습적으로 당하고 있다는 사실을 알고 있었으나 아무도 나서서 제지하거나 편을 들거나 학교 측에 적극적으로 알리지 않았다. 그것은 군중심리이기도 했고 자기 자신도 폭력의 피해자기 될 수 있

청소년을 위한 사랑의 기술

다는 두려움에 사로잡힌 탓이기도 했다.

며칠 후, 하교 길에 또다시 어디론가 개처럼 끌려간 은경이는 근처의 고층아파트 지하창고에서 자정까지 무려 여섯 시간에 걸려 매우 심각한 폭행을 당하고야 말았다. 한밤중까지 귀가하지 않는 딸을 찾아 나섰던 가족들에 의해 발견되었을 때 은경이는 팔다리가 부러지고 온몸에 피멍이 들었으며 얼굴은 안면 골격이 모두 내려앉을 정도로 만신창이가 되어있었다.

숨을 쉬기도 정신을 차리기도 어려울 정도로 얻어맞는 동안 은경이는 차라리 죽었으면 좋겠다고 생각했다. 아무 잘못도 없이 이런 일을 당하는 자신이 너무나 싫었다… 각목으로 맞아 찢어져 흐른 피가, 정신을 잃고 쓰러져있는 가녀린 소녀의 퉁퉁 부은 얼굴을 붉게 물들이고 있었다.

"어머나 세상에! 은경아-! 은경아! 정신 차려~~"

가족들은 이유 없는 폭력에 희생된 어린 딸을 끌어안고 분노와 슬픔에 휩싸였다.

다음날 학교는 발칵 뒤집혔다. 은경이 오빠와 아버지는 형사들과 함께 학교로 들이닥쳤다. 그러나 그때까지도 학교에서는 아무도 그런 비극을 눈치 채지 못하고 있었다. 은경이의 소식을 처음 전해들은 교장선생님과 담임선생님은 정말 뜻밖이라는 듯 잠시 어리둥절한 표정이 되었다.

"네에? 그런 일이 있었다니요? 저희 학교 학생들은 절대 그런 폭력을 사용하지 않습니다! 학업성적 우수학교로 모범표창도 받았는데… 뭔가 잘못 알고 오신 게 아닐까요…?"

교장은 진실일지라도 차마 믿고 싶지 않은 심정이었다.

"아니…정말로 저희 반 장은경 학생이 맞습니까? 평소에 조용하고 자기 일만 잘하는 아이인데요…누…누가 어떤 애들이 그그…그런 짓을 했나요? 근처 다른 학교 애들 아닌가요?"

담임선생도 그 사실을 받아들여야할지 말지 고민스러운 듯 이렇게 더듬거렸다.

"지금 무슨 말씀들을 하시는 겁니까? 당신들이 보호하고 바른 길로 이끌어야 할 학생들이 한 아이를 집단으로 몇 년 동안 괴롭히는 동안 정말로 아무것도 몰랐다는 말씀입니까? 그러고도 선생님 자격이 있으십니까!"

"절대로 용서 못해! 내 딸, 우리 귀한 딸이 얼굴뼈가 다 으스러지도록 여섯 시간 동안 몰매를 맞았는데 아무도 모른다니! 어떤 새끼들인지 똑같이 갚아줄 거야-! 내가! 내가!"

가족들은 분노로 떨리는 가슴을 억누르지 못하고 이렇게 울부짖었다.

비영리단체인 청소년폭력예방재단이 2012년 12월부터 2013년 1월까지 전국 16개 시·도 초등학교 4학년생부터 고교 2학년생까지 총 5,530명을 대상으로 2012년 1년간 학교폭력 경험에 대하여 조사했다. 그 설문결과를 보면 2012년 한 해 동안 학

청소년을 위한 사랑의 기술

교폭력 피해를 경험한 학생의 비율은 12%였다. 만약 1년이 아니라 학교생활의 시작부터 지금까지 기간을 통틀어 조사한다면 그 비율은 더 높을 것이다. 그 결과에서 더욱 심각한 것은 학교폭력 경험자 가운데 상당수가 자살 충동을 느낀다는 사실이다. 폭력경험 학생들의 18.2%가 지난 1년간 한두 차례 자살을 생각해 봤으며 하루에 한번 이상 그런 생각을 한 학생도 5%에 이른다. 또한 학교폭력의 학교 내 발생 비율이 전체의 58.5%이며 은경이처럼 2회 이상 및 지속적인 피해를 당하는 경우도 자그마치 31.3%에 달한다는 사실은 매우 놀라운 일이다.

이와 같은 학교폭력은 끊이지 않는 이유는 무엇일까. 은경이의 경우만 보더라도 특별한 이유 없이 그저 가해 학생들의 '마음에 들지 않는다'는 경우도 적지 않다. 그러나 이처럼 이유 없이, 혹은 나름대로 이유가 있더라도 각자 엄연한 존엄성을 가지고 태어난 한 인간으로서의 또래 친구들을 괴롭히고 폭력을 행사하는 것은 결코 타당성을 인정받을 수 없다.

폭력은 가해 학생이 피해자 학생 위에 군림하고 있다는 왜곡된 생각에서 비롯되어 일방적이고 지속성을 갖는다. 가해자들은 약한 대상에게 폭력을 행사함으로써 스스로의 능력과 존재감을 인정받는다고 생각한다.

함께 어울려 생활하며 우정을 쌓고 다양한 학교생활에서 협동심을 발휘하는 따위의 조화로운 학교의 모습은 아주 오래전 과거 속으로 사라져버린 것일까?

신체적 고통뿐 아니라 정신적으로도 큰 고통을 갖게 되는 학교 폭력을 근본적으로 예방하기 위해서는 어떤 노력들이 필요할까. 먼저 국가와 학교 측에서 할 수 있는 노력은 지나친 경쟁이 불러온 왜곡된 가치관을 바로잡는 것이 아닐까. 무조건 일등을 원하는 사회에 나가기 위해서는 학교에서부터 좋은 성적만이 요구된다. 그러다보니 학교에서는 학과공부에만 많은 시간을 투자하도록 학생들을 다그칠 뿐, 정작 세상을 바르게 살아나가는데 필요한 진정한 인간의 덕목이라든가 올바른 인성교육은 뒷전이 된지 오래다. 그 결과, 아직 인격이 완성되지 못한 청소년들은 극도의 학업스트레스에 내몰려 자기조절 능력을 상실한 채 충동적이고 극단적인 감정들을 주위의 약한 대상에게로 폭발시키게 되었다. 인내심과 도덕성이 무엇인지 배운 적 없을 뿐더러 올바른 인성도 갖춰지지 않은 이들로서는 들판의 야생마처럼 스스로를 제어하는 방법을 모른 채 느끼는 대로 행동하는 것이 어쩌면 당연한 결과일 것이다. 그러므로 언뜻 보기에 약한 친구들을 괴롭히는 폭력적인 아이들이 무조건 잘못이라고 생각되지만, 그러한 폭력의 바탕에는 보다 근본적이고 해결되지 않은 문제가 입을 벌린 분화구처럼 뚫려있다는 뜻이다. 즉, 가장 먼저 바뀌어야 할 것은 사회와 학교의 지나친 경쟁체제이다.

그렇다고 가해학생들의 폭력이 면죄되는 것은 아니다. 그들

청소년을 위한 사랑의 기술

역시 사회와 교육체제의 희생양임에도 불구하고 폭력을 행사했다는 사실 자체는 변함이 없기 때문이다. 또한 은경이와 같은 피해학생들은 어떻게 폭력에 맞서야 할까. 지금까지와 달리 좀 더 적극적으로 자신의 의지와 생각을 표출하고 항변하며 강하게 맞설 필요가 있다. 작은 폭력이나 인격모독에 대해 처음부터 분명한 태도를 보여야한다. 만만하게 보았던 상대가 뜻밖에 강하게 나오면 가해하려던 학생들도 일단 주춤하고 시끄러운 충돌은 피하려는 본성이 있기 때문이다. 그럼에도 뜻하지 않게 지속적인 폭력이 이어져 주변에 알려보았으나 단번에 해결되지 않는다 해도 쉽게 포기해서는 안 된다. 죽음을 생각할 만큼 폭력이 두렵다면, 그야말로 죽기 살기로 폭력과 맞서야 한다는 뜻이다. 물론 그것이 말처럼 쉽지는 않을 것이다. 그러나 '내 삶의 주인은 나 자신'이라는 사실을 기억하자. 아무도 내 대신 살아주지 않는다. 그렇다면 어떤 고통도 결국 내가 이겨나가야 한다. 주위 어른들의 도움을 이끌어내는 것도 내 삶에 얼마나 적극적인 자세인가에 달려 있다.

우리 청소년들은 앞으로의 대한민국을 끌고 나갈 주역이다. 기본적으로 인간은 가장 존엄한 존재이고 어떤 경우에도 폭력에 희생되어서는 안 된다는 분명한 인식이 필요하다.

 "너 이래서 어떻게 서울에 있는 대학이라도 가겠니? 대학 갈 생각이 없는 거냐, 혹시?"

얼마 전 치른 전국 모의고사 성적표를 앞에 놓고 담임선생님이 진수에게 물었다.

'낼모레가 수능인데…이제 와서 대학 갈 생각 없는 미친놈이 어딨겠냐…'

시험만 봤다하면 성적을 가지고 담임이랑 부모가 들들 볶아대는 바람에 진수는 이제는 한 귀로 듣고 한 귀로 흘리며 속으로만 멋대로 지껄이곤 했다.

"이게 뭐냐, 왜 이렇게 헤매냐? 이 점수는 뭐냐 대체? 부모님도 너한테 아주 기대가 크신데 이래서야 쓰겠냐? 이런 추세라면 수능 때는 어떤 결과가 나올지 뻔하지? 남들처럼 수시에 지원해서 미리미리 합격해둘 실력이 안 되면 남은 시간동안 조금이라도 더 열심히 해야 될 거 아니냐? 대답을 좀 해봐라… 부모님께 이 성적표 어떻게 보여드릴래?"

담임은 이제 둘둘 말린 신문지로 진수의 머리까지 툭툭 치고 있었다. 진수는 시험 때마다 최선을 다해왔기 때문에 선생이 뭐라고 지껄여도 어떤 변명도 하고 싶지 않았다. 다만 집에서 성적표를 기다리는 부모의 얼굴이 눈앞에 어른거리는 것이 불편할 뿐이었다.

그날 오후 집으로 돌아간 진수는 또 한 번의 힘겨운 시간을 견뎌야 했다.

"어머머머! 너 이게 뭐니? 이게 성적표니, 똥 묻은 신문지니? 좀 있으면 수능 아니니? 순간적으로 내가 뭘 잘못 알았나 했다! 이래 가지고 어떻게 법대 가겠니?"

어머니도 예상대로 이렇게 요란하게 포문을 열었다. 진수는 머리가 아프다는 생각이 들었지만 그 말은 꺼내지도 못한 채 죄인처럼 거실 한쪽 의자에 걸터앉았다.

"말 좀 해봐…! 2학년 때까지는 그래도 좀 하더니 정작 중요한 시기에 성적이 계속 떨어진다는 건 뭔가 문제 있다고 생각 안 되니?"

"열심히 해도 그런 걸 어떡해요?! 그리고 주위에서 이렇게 대놓고 부담을 주는데 더 잘 할래도 할 수가 없어요…"

진수는 짜증스레 대꾸했다.

"어머머머, 애 말하는 것 좀 보게~ 열심히 하는데 왜 떨어지니? 아빠가 이 성적표 봤다가는… 말 안 해도 알지? 부족한 게 뭐니? 너 공부할 땐 가족들도 모두 숨소리도 죽이고 다니고 가족여행도 수능 끝날 때까지로 미루고 있잖니…S대 법대에 합격만 하면 그때부턴 하고 싶다는 거 다 해 줄테니까 아무 걱정 말고 넌 그저 공부만 열심히 하면 되는데 뭐가 그게 어렵니? 안 되겠다…이제부터 비상작전으로 들어가야지! 잠자는 시간 좀 더 줄이고 그 시간에 핵심정리 해놓은 거 계속 반복하는 거야!"

똘망똘망한 큰 눈이 특징인 진수는 실제로 어릴 때부터 영리한 어린이였다. 그래서 초등학교 이후로 중학교 때까지 거의 1등을 놓쳐본 적이 없었다. 총명한 어린이가 그렇듯 어린 진수는 호기심이 왕성한 만큼 새로운 학습에 대한 탐구심이 큰 덕분에 모든 공부가 재미있고 즐겁기만 했다. 어찌 보면 초등학교시절에 배우는 모든 것은 세상에 태어나 처음 보고 듣는 것들의 연속이고 홍수였으니 그럴 만도 하다. 그래서 늘 어떤 영역에서도 1등이었고 어느 순간부터 1등은 멋진 꼬리표가 되었다.

"우리 진수는 이번에도 1등 했어요! 호호호~아이가 어찌나 탐구심이 왕성한지 하나를 배우면 나머지 아홉 가지를 스스로 찾아서 공부한다니까요!"

"세상에나! 정말 부러워요! 우등생 아들을 두셔서 정말 부러

청소년을 위한 사랑의 기술

워요…"

진수 자신도 1등을 할 때마다 주위사람들 특히 부모님의 뜨거운 반응에 기분이 좋았고 그로 인해 얻어지는 보상도 무시하기 힘들 정도여서 어느 순간부터는 스스로에게 채찍질을 가하는 심정으로 더욱 공부에 빠져들었던 것이다.

"내가 1등을 하면 부모님이 기뻐하시니 정말 좋다~ 다음번에도 열심히 해서 꼭 1등 해야지!"

스스로 이렇게 생각하니 공부가 어렵지도 하기 싫지도 않았던 것이다. 그러나 학년이 올라갈수록 1등을 놓치지 말아야 한다는 지나친 강박관념에 사로잡히기 시작했다. 그 첫 순간은 고등학교 1학년에 올라가서부터였다. 우등생들만 모인다는 고등학교로 지원하다보니 전교생이 대부분 전교 1등을 밥 먹듯 하던 친구들이었다. 중학교 때까지 저마다 난다 긴다 하던 우등생들끼리 또다시 1등을 가려야 하는 상황이 되고 보니 모두들 혼란을 겪는 것은 당연한 일이었다. 그들 중에서도 1등을 하는 친구가 있는가하면 꼴등을 하는 친구도 있기 때문이다. 실력을 절대 평가하는 것이 아니라 상대적으로 평가하다보니 일어나는 현상이었다. 그 상대적인 등수인 1등이나 꼴등은 결코 절대적인 것이 아님에도 결국 숫자에 연연할 수밖에 없었다.

그렇게 고등학교 첫 시험에서 진수는 아슬아슬하긴 해도 반에서 1등을 하긴 했었다. 그러나 안도하긴 일렀다. 이어지는 시

내 삶의 주인은 누구

험에서는 결코 영원한 1등일 수 없었다. 그전보다 더 열심히 책상에 앉아있고 수업시간에 한눈을 팔지 않는데도 계단은 조금씩 아래쪽을 향하고 있었다. 진수도 처음엔 당황스럽고 두려웠다.

'어, 이게 뭐지…반에서 3등이라니…하…어쩌지..'

진수 자신보다 더 놀라고 충격에 휩싸인 것은 부모였다.

"아니 세상에 이게 뭐니? 전교 15등이 뭐야? 이래서 앞으로 어쩔건데?"

"그래도 반에선 3등이야…"

"반에서 3등? 너 초 중 9년동안 1등만 하던 애야…벌써 잊어버렸니? 전교 1등만 하던 애가 반에서 3등한 게 자랑스럽니? 어떡하니..진수야? 너 법대 가서 훌륭한 판사 되겠다고 약속했었잖아…?"

"갈게요…할 수 있어요…"

2학년 때까지도 진수는 어떻게든 부모님의 기대를 저버리지 않기위해 이렇게 대답하곤 했다. 부모님에게 진수는 여전히 전교 1등의 최고 아들이었던 것이다.

그날밤…전교 1등은커녕 법대에 갈 수 있을지 조차 불확실한 느낌에 사로잡힌 진수는 슬며시 베란다로 나가 찬 공기를 깊이 들이마셨다. 멀리 고속화도로를 질주하는 자동차의 불빛들이 아름답게 보였다. 거침없이 달려 나가는 자동차들과 달리 제자리에 머무는 듯한, 아니 오히려 점점 깊은 나락으로 빠져드는 듯한

청소년을 위한 사랑의 기술

답답한 심정에 진수는 순간적으로 까마득한 고층아파트 18층 아래쪽을 응시하기 시작했다.

'나는 도대체 누굴 위해 사는 사람이지? 누굴 위해 공부를 하고 왜 법대에 가야하는거지? 이제는 지쳤어…나는 패배자인가…이제 1등은 내 몫이 아니야…'

진수는 언제나 1등 성적표를 받아오는 자신을 보며 기뻐하던 부모님의 모습을 떠올리며 절망과 혼란에 빠져들고 있었다.

여러 기관들에서 내놓는 통계에서 나타나는 우리 청소년들의 고민거리 가운데 1위를 차지하는 것은 무엇일까. 바로 공부, 성적, 적성에 관한 것이다. 최근 2010년의 통계수치만 보아도 그런 고민이 60%에 달하는 것으로 나타났는데, 그 수치가 2002년도에 비해서도 10%정도 증가했다는 사실이 특히 주목된다. 시간이 흐를수록 경쟁체제가 가속되다보니 학교에서부터 성적과 입시경쟁이 해마다 가속되고 그 스트레스는 고스란히 청소년들에게 작용된다는 것을 알 수 있다.

이와 같은 성적과 진학에 관한 스트레스는 결국 청소년들의 자살충동의 주요 원인으로까지 이어지는 심각한 결과도 보여준다.

위의 에피소드에서 고3 수험생 진수는 과연 어떤 선택을 할 것인가? 어릴 때부터 전교 1등을 놓치지 않아 부모님의 기대와 사랑을 한 몸에 받으며 살아온 진수는 막상 인생에서 가장 중요한 시기인 대입을 앞둔 상황에서 나날이 추락하는 성적 때문에 괴롭다. 늘 자랑스럽던 우등생의 모습만을 기억하는 부모님은 진수의 고충과 갈등, 스트레스에 대해서는 미처 헤아리지 못한 채 조금만 더 달리라고 채찍질을 가할 뿐이다.

부모가 기억하듯 진수 역시 자신의 화려했던 1등 시절을 잊지 않고 있으나 현실은 과거와도 기대와도 다르다는 사실 때문에 고통스럽다. 진수는 분명히 총명하고 남다른 우등생임에 틀림없다. 그럼에도 시간이 흐를수록 가속되는 경쟁체제에서 친구도 이기지 않으면 패배자가 되는 현실 속에서 어느덧 지쳐가고 있다. 그렇다면 진수는 어떻게 해야 그 괴로움에서 벗어날 수 있을까.

만약, 진수가 계속 1등을 놓치지 않을 뿐더러 대학도 모두가 원하는 최고의 법대에 들어가고 마침내 법조인이 된다면? 과연 그는 사회적 약자들의 아픔을 이해하고 현명한 판결을 내리는 인물이 될 수 있을까. 1등만 해본 사람은 꼴등의 상황을 이해하기가 쉽지 않다. 최고의 자리에만 머물러온 사람은 실패한 사람을 진정으로 이해하지 못한다. 실패도 좌절도 겪어본 사람만이 인생에서 좀 더 지혜로운 선택과 판단이 가능할 것이다.

위의 이야기에서 보면 진수의 부모님은 아들의 실패-성적하락-를 이해하지도 인정하지도 못하고 더욱 다그치며 자신들의 기대를 족쇄처럼 더욱 조일뿐이다. 세상을 좀 더 편히 살 수 있기를 바라는 부모의 심정은 이해가 가지만 결국 각자의 인생은

청소년을 위한 사랑의 기술

제각각의 방식으로 살아가게 마련이다. 그러므로 부모님은 아들이 단지 자신들의 기대를 채워줄 대상이 아닌 존엄성을 지닌 존재로서의 인격체임을 인정하는 노력이 필요하다. 그렇게 되면 진수가 늘 1등을 하지 못하더라도 실망하기보다 격려하고 스스로의 삶을 진취적으로 찾아나가려는 노력을 하도록 넓은 길을 열어줄 수 있을 것이다.

현재와 같은 학업스트레스가 이어진다면 진수 또한 당장은 원하는 학교로 진학하지 못할 수도 있고 부모에게 실망을 안길 수도 있으나 진수 인생의 주인은 바로 그 자신이다. 그 누구도 그 자신의 삶을 대신 살아줄 수는 없다. 부모님의 기대에 부응하지 못한다고 해서 그 인생이 실패하는 것은 결코 아니다. 진수가 더 잘하고 좋아하는 또 다른 분야가 있다면 그쪽에서 가치를 찾을 수도 있다. 중요한 것은 자신의 삶에서 주인이 되는 것이기 때문이다.

인생에서 중요한 것은 1등이 아니다. 1등을 하면 조금 더 편하고 안락한 삶에 가까운 길을 보여줄 수도 있다. 그러나 1등이 아니라고 해서 모두 불행하거나 불편한 삶을 사는 것도 아니다. 정말 중요한 것은 자신의 자리에서 얼마나 열심히 최선을 다 하느냐 일 것이다.

물질문명이 발달할수록 더욱 가속화되는 경쟁체제가 청소년들의 학업에까지 지나친 경쟁구도로 이어진다는 것은 문제가 아

내 삶의 주인은 누구

닐 수 없다. 학교에서 배우는 모든 것은 청소년 개개인의 지성과 지혜의 폭을 넓히는 다양한 자양분으로서 순수하게 활용될 때 그 진가를 발휘하는 것이 아닐까. 그럼에도 우리의 현실 속 학교 는 학생들의 학업내용을 석차와 진학의 도구로만 이용함으로써 진수와 같은 수많은 청소년들의 고민과 스트레스의 원인이 되는 것이다.

지금 이순간도 성적과 진학에 대한 문제로 고민하고 있다면 다시 한 번 자신을 돌아보는 것은 어떨까. 정말 자신이 좋아하는 것을 찾아 도전해보는 것은 어떨까. 우리는 늦었다는 말을 하기 엔 아직 젊으니까!

청소년을 위한 사랑의 기술

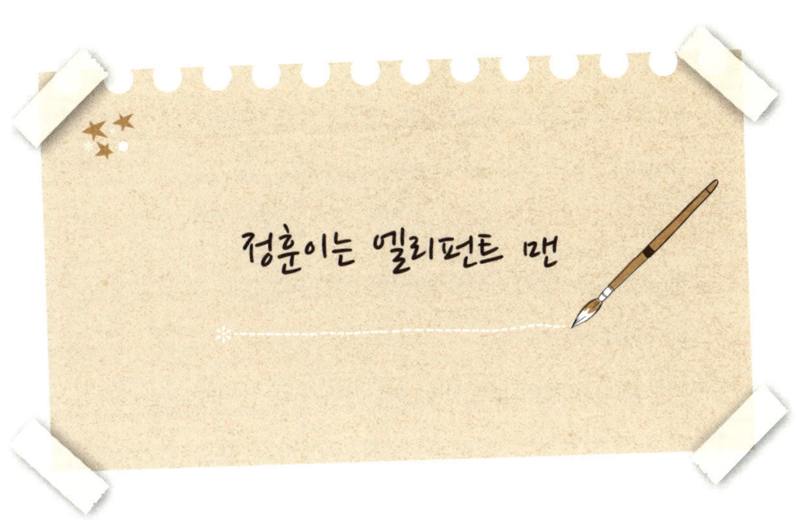

 중학교 2학년 정훈이는 아침에 눈을 뜰 때면 자신도 모르게 흘러나오는 한숨소리에 놀라곤 한다.

'저기 코끼리 지나간다! 야~코끼리! 엘리펀트 맨~!'

'코끼리는 동물원에 있어야지 왜 학교를 다녀~응? ㅋㅋ'

학교에 가면 늘 듣는 친구들의 놀림이 귓가에서 웅웅거렸다.

"얘, 아직도 안 일어나고 뭐하니? 지각하겠다 얼른 일어나!"

아침준비를 하시던 어머니가 방문을 열어보고는 이렇게 재촉하셨다.

"아, 학교 가기 싫어~! 안 갈 거야!"

"얘가 왜 이래? 갑자기 학교를 안 가긴 왜 안 가니?"

"애들이 맨날 놀린단 말이야! 코끼리 같다고-"

그 소리에 어머니가 이렇게 다독거렸다.

"그게 무슨 소리야… 니가 왜 코끼리니? 세상에 이렇게 잘생긴 코끼리 있으면 나와 보라 그래! 네가 얼마나 개성적으로 생겼는데?"

"어휴, 엄마는 알지도 못하면서! 어휴 속상해, 성형수술을 하든가 해야지…"

자신의 심정을 헤아리지 못하는 어머니가 답답하기만 한 정훈이는 무거운 마음으로 학교를 향해 떨어지지 않는 걸음을 옮기기 시작했다.

학교 근처, 정문을 향하는 길목에는 등교하는 친구들이 보였다. 정훈이는 심호흡을 하며 내심 단단히 마음을 먹고 걸어갔다. 그때였다.

"왔냐, 코끼리? 일찍 왔네! 히히-"

초등학교 때부터 중학교까지 같은 학교에 다니는 친구 영재였다. 영재는 중학교에 오자 어느 순간부터 자신을 코끼리라고 놀리기 시작한 첫 번째 친구였다. 정훈이는 도대체 영재가 왜 그러는지 알 수가 없었다. 뿐만 아니라 주위 친구들까지 부추겨 자신을 놀림감으로 삼는데 앞장서는 영재가 얄미워서 죽을 지경이었다. 정훈이의 그런 표정을 볼 때마다 영재는 더욱 고소하다는 듯 놀림의 강도를 높여갔다.

"내가 왜 코끼리야? 자기는 꼭 쥐새끼같이 생겨가지구…"

온순한 성격의 정훈이가 놀림을 당할 때마다 할 수 있는 대꾸

청소년을 위한 사랑의 기술

라고는 이 정도가 최대였다. 사실 정훈이는 객관적으로 볼 때 곱상한 꽃미남형은 아니었다. 다른 아이들보다 여드름이 유난히 많은 얼굴에 윤곽도 크고 어찌 보면 우락부락하게 보일 정도 였다. 초등학생일 때는 그렇지 않았으나 신체적인 성장발달이 왕성한 시기에 들어서자 다른 사내아이들과 좀 다른 개성적인 외모로 변해가는 듯했다. 그런 어느 날 교복 안에 코끼리 그림 셔츠를 입은 정훈이를 본 영재가 배꼽을 잡으며 이렇게 웃음을 터뜨렸던 것이다.

"푸하핫! 코끼리다…오정훈! 완전 코끼리랑 똑같애! 크하하!"

그 후로 아이들은 너도나도 질세라 코끼리라고 놀려대기 시작했다. 그중에는 '엘리펀트 맨'이라고 부르는 아이들도 있었다.

"너 엘리펀트 맨이라고 들어봤어? 영화도 있고 소설책도 있는데, 오정훈이 코끼리니까 영어로는 엘리펀트 맨이야! 하하, 엘리펀트 맨!"

정훈이는 아이들의 놀림이 어이없고 황당했지만 도대체 엘리펀트 맨이 무엇인가 궁금해서 자료를 찾아보기도 했다.

'다발성 신경섬유 종증'이라는 희귀병으로 기형의 얼굴을 가진 실제 주인공의 이야기를 담은 소설의 제목이 '엘리펀트 맨'이었다. 주인공은 흉측한 외모 때문에 사람들에게 '엘리펀트 맨'이라 불리며 비인간적인 학대를 받지만 외모와는 달리 지적이고 선한 마음을 지닌 인물이었다. 1980년에 제작된 영화 속에 표현된 주인공은 정말 끔찍한 외모를 갖고 있었다. 그러나 자신은 결코 그 정도로 흉하지도 않을뿐더러 그런 놀림을 받을 이유가 없다고 생각되었다.

'내가 왜 엘리펀트 맨이야? 기형도 아니고 병을 앓는 것도 아닌데…영화 속 주인공이야말로 코끼리 같다지만 난 아니잖아?'

이렇게 스스로 위안을 하며 자신감을 가져보려 해도 학교에만 가면 아이들이 놀려대는 바람에 정훈이는 점점 우울해지기 시작했다. 특히 놀림을 심하게 당한 날이면 스스로도 코끼리처럼 변해가는 것 같이 느껴지곤 했다.

'정말 내가 못생겨서 그러는 거겠지…맞아…요샌 텔레비전에도 멋진 꽃미남 아이돌이 얼마나 많은데…나같이 평범하기는커녕 우락부락하고 흉측하게 점점 변해가는 사람들은 얼굴을 들고 다닐 수도 없는 날이 올 거야…학교에서는 물론 버스를 타도 사람들이 나만 쳐다보는 것 같았어…맞아…사람들은 내가 이상하게 생긴 걸 나보다 먼저 아는 거야…아 죽고 싶다…엄마 아빠는 나를 왜 이렇게 못생기게 낳은 거야?! 흑흑…'

어느 날 가까운 친구에게 이런 고민을 이야기하자 친구는 이렇게 말했다.

"야… 애들이 그러는 거 나도 아는데 그건 몇몇 미친 애들의 헛소리야. 너는 나름대로 개성이 있는 거야. 세상 사람들이 다 똑같이 생길 수는 없잖아. 나 역시 잘 생긴 건 아니지만 나는 스스로 괜찮은 편이라고 좋게 생각하려고 노력해. 나도 말랐다고 멸치대가리라고 부르잖니. 그러니까 너도 너무 괴로워하지 마. 너 절대로 코끼리 같지 않아!"

친구의 이런 위로도 정훈에게는 별로 도움이 되지 않았다.

공휴일인 며칠 후, 부모님과 함께 가까운 친척집 행사에 초대받은 정훈이는 외출준비를 하다말고 결국 자기를 비추고 있는 거울을 향해 주먹을 날리고 말았다.

"너 이게 뭐하는 짓이야?"

거울이 깨지는 요란한 소리에 뛰어 들어 온 아버지가 이렇게 소리쳤다.

"난 안 가요! 성형수술 시켜 주기 전에는 학교도 안 가고 아무데도 안 갈 거야!"

"뭐라고? 이게 갑자기 무슨 뚱딴지같은 소리야? 성형수술이라니? 이 녀석이 정신이 나갔나?"

정훈이의 뜻밖의 대꾸에 아버지는 황당한 듯 되물었다.

"아이들이 코끼리라고, 엘리펀트 맨이라고 날마다 놀린단 말이에요! 내가 우락부락한 게 못생겼다고! 더 이상은 코끼리라는 소리 듣기 싫어! 얼굴 다 뜯어고쳐주세요! 엄마 아빠가 이렇게 못생기게 낳아놨으니까 책임지시라구요! 엉-엉--"

그동안 참아왔던 설움이 복받치는 듯 정훈이는 부서진 거울 앞에서 오랫동안 서러운 울음을 터뜨렸다.

　과거와 달리 21세기를 사는 우리 시대는 매스미디어의 영향력에 포위되어 있다 해도 틀린 말이 아닐 것이다. 라디오와 텔레비전을 통해 세상사를 알던 시절에서 나아가, 이제는 무한의 접속네트워크를 통해 온 세계를 연결하고 손바닥 들여다보듯 하는 세상이 되었다. 또한 듣는 것보다 보이는 것, 남에게 보여지는 것에 대하여 가치와 사물의 무게중심이 쏠리기 시작했다.

　그렇다보니 사람들의 가치관은 물질만능주의와 외모지상주의로 압축되었다 해도 과언이 아니다. 돈이 곧 권력이고 빼어난 외모를 가진 자가 모든 것을 얻는 세상이다. 미디어에서는 날마다 매순간마다 외모에 대하여 이야기한다. 연예인들의 외모에 대하여, 그리고 그들의 성형술에 대하여…그리고 그것을 지켜보는 일반 대중들에게까지 어느새 그러한 사상을 깊숙이 심어놓기에 이르렀다. 1960년대의 미스코리아와 현대의 미스코리아의 외모는 아름다움이라는 기본상식에는 변함이 없으나 '무엇이' 아름다운가 하는 측면에서는 분명히 잣대의 기준이 달라지고 있다. 동양적인 외모가 최고의 미적 기준이었던 과거와 달리, 오늘날에는 가장 동양적이지 않은 외모가 찬사를 받고 동경의 대상이 되기 때문이다. 이는 서구적 사상의 영향 탓이기도 하지만 그것을 받아들이는 사람들의 태도의 변화 때문이기도 하다.

　위의 에피소드에서 정훈이의 고민은 외모이다. 예전에는 우락부락하고 선이 굵은 외모를 남자답다고 이야기했으나, 오늘날 그런 외모는 남자일지라도 환영받지 못하는 시대가 되었다. 정훈이 자신은 아무리 봐도 크게 잘못되거나 이상한 얼굴이 아닌데도 주위 친구들이 그의 개성적인 외모를 과장하여 놀리기 위해 '코끼리-엘리펀트 맨'이라고 부르면서부터 진실이 왜곡되기 시작했다.

정훈이를 코끼리라고 놀리는 아이들 역시 미디어의 잘못된 영향으로 외모에 대하여 그릇된 기준을 갖게 되었다. 연예인들처럼 곱상하고 매끈한 외모만이 인정받고 그렇지 않은 경우에는 놀림을 받아도 마땅하다는 생각을 하게 된 것은 모두 미성숙된 가치관념 때문이다.

만약 성인이 된 뒤에 그런 놀림을 들었다면 정훈이는 좀 더 성숙한 반응을 보일 수 있을지도 모른다. 그러나 현재 중학교 2학년으로서, 자신에 대한 정체성과 가치관이 아직 확립되지 않은 상태에서 쏟아지는 친구들의 놀림은 큰 충격임에 틀림없다. 바보가 아닌 사람도 여러 명이 작당하여 바보로 만들 듯이, 정훈이도 어느 순간 자신에 대하여 괴물같이 생겼다고 착각하기 시작한 것이다. 이렇게 여러 명이 한 사람을 바보 만들기는 쉽다.

모든 문제의 시작은 우리 사회에 만연한 그릇된 가치관 때문이기도 하지만 당장, 정훈이가 이러한 절망적인 상황을 어떻게 헤쳐 나가야 할지 고민해보자.

일단 외모는 사람들이 첫 대면하는 순간 마주치게 되는 중요한 조건이다. 그래서 이왕이면 좋은 첫인상을 만들기 위해 외모를 가꾸고 관심을 가질 수는 있다. 그러나 외모가 모든 경우에 최선의 조건이 되는 것은 결코 아니라는 사실 또한 잊지 말아야 한다. 외모보다 중요한 것은 바로 그 사람의 됨됨이, 그의 개성, 그리고 능력이다. '이왕이면 다홍치마'라는 말이 외모의 중요성을 이야기한다면, '뚝배기보다 장맛'이라는 속담은 겉치레보다 그 속에 담긴 내용이 더 중요함을 웅변하고 있기 때문이다.

외모가 출중하더라도 그에 버금가는 능력을 갖추지 못한다면 사회에서 자신의 역할을 제대로 해내기 어렵다. 2013년 1월 기준으로 지구에 사는 71억 명의 사람들은 저마다 다른 외모를 가지고 있다. 그들 모두는 누구와도 닮지 않은 개성적인 외모를 가진 유일한 존재들이다. 그러므로 조금 독특하다고 해서, 남과 약간 다르다고 해서 조롱거리로 삼는 것은 인간의 존엄을 무시하는 비윤리적인 행위에 다름 아니다.

정훈이는 자신의 외모에 대한 주위의 그릇된 평가 때문에 정작 스스로의 능력에 대해서는 깊이 생각할 여유가 없었다. 그러므로 우선 한걸음 뒤로 물러나 자신을 객관적으로 바라보는 시간을 가져야 할 것이다. 자신의 모습을 객관적으로 바라보고 판단한 뒤 친구들의 놀림이 부당하다는 결론을 내린다면 그때부터는 스스로에게 자신감을 갖는 당당함이 필요하다. 친구들의 놀림은 어쩌면 정훈이가 당황하고 전전긍긍하는 모습을 보기 위해

청소년을 위한 사랑의 기술

이어지는 지도 모른다. 그러므로 놀림을 당하더라도 자신 있고 당당한 모습을 보인다면 친구들도 점점 흥미를 잃지 않을까.

남과 다르다는 것은 잘못이 아니며 누구에게도 비난받을 일이 아니다. 누구와도 닮지 않은 나만의 개성적인 외모는 오히려 그만의 능력이다. 외모에 대한 관심에서 조금만 생각을 돌리면 지금 이순간 자신이 해야 할 일과 자신의 장점을 찾아 노력할 수 있을 것이다.

또한 우리의 외모는 평생 변화한다는 사실을 기억하자. 누구도 아기 때의 얼굴로 평생을 살지 않듯 점점 자라며, 점점 나이 들어갈수록 사람들의 얼굴은 끊임없이 바뀐다. 지금은 조금 우락부락해보여도 좀더 성숙한 나이가 되면 매력적인 남성미가 넘치게 될 수도 있다.

정말 중요한 것은 보이지 않는 부분이라는 점을 기억하자. 남에게 보여지는 부분은 그리 중요하지 않다. 아직도 살아갈 날이 까마득한 우리에게 그런 고민쯤은 잠깐 스쳐가는 바람처럼 날려보내는 게 어떨까?! 휘익~

 "야~ 경준이네 집에서 내일 생일파티한대!"

"우왓! 그래? 나도 가도 되냐, 경준아?"

"그래, 와! 같이 맛있는 거 먹고 신나게 놀자, 내일 하루는 나의 날이야~ 음하핫!"

의대 교수인 아버지와 해외 무역업을 하는 어머니를 둔 경준이는 반에서 인기 짱이었다. 부유한 가정환경뿐 아니라 잘 생긴 외모는 물론, 가지고 다니는 소지품이나 용돈의 액수에서도 평범한 가정의 아이들과는 달랐다. 그래서인지 경준이 곁에는 늘 많은 친구들이 있었다.

"우정이 너도 올 거지? 꼭 와야 돼!"

말없이 앞서 걷고 있는 우정이에게 경준이가 말했다. 우정이는 경준이와 특히 친한 친구였다. 우정이도 경준이와 친한 사이

청소년을 위한 사랑의 기술

인 것이 좋았지만 한편으로는 마음이 편치 않았다.

"어…그래 갈게…근데 어쩌면 못갈 수도 있어서…집에 무슨 일이 있을지도 몰라…"

우정이는 얼떨결에 이렇게 대꾸했다. 작은 아파트에 살며 평범한 회사원인 아버지와 전업주부인 어머니, 경제적인 이유로 졸업 후 취직을 목표로 기술고등학교에 다니는 형이 있는 우정이는 동네에서 제법 으리으리한 경준이네 집에 한 번씩 갔다 올 때마다 기분이 착잡해지곤 했다. 우정이네 학교에는 부잣집 아이들이 많았다. 부자들이 많이 사는 동네인 탓이지만 우정이네 경제사정은 다른 집들처럼 넉넉하지 않았다.

얼마 전에도 경준이네 집에 갔다가 얼떨결에 그 집 식구들을 따라 시내에 있는 고급 레스토랑에 가게 되었다. 음식 값에 전혀 구애받지 않는 멋쟁이 어머니와 교양과 품위가 넘치는 아버지, 서울의 유명 대학에서 사진공부를 하는 경준이 누나와 함께였다. 경준이는 우정이를 가족에게 이렇게 소개했다.

"최우정이라고 제일 친한 친구에요. 딴 건 몰라도 한자실력은 우리 반에서 제일 좋을 걸요?! 그리고 되게 부지런해서 절대 지각하지 않아요. 저는 매일 늦잠자고 지각을 밥 먹듯이 하는데…"

그들은 경준이가 거의 한 번도 먹어보지 못한 먹음직스럽고 값비싼 요리들을 시켜놓고 즐거운 이야기를 나누며 천천히 식사를 했다.

"경준이 너는 일찌감치 유학 생각해라… 누나는 대학졸업 후 간다지만 넌 사내 녀석이니 미리 준비해서 일찍 끝내자!"

"나 혼자? 에이…가기 싫은데…"

부모님의 말씀에 경준이가 이렇게 대꾸했다.

"미국에 이모 있으니까 일단 그쪽으로 가서 영어부터 마스터 하고…차례대로 하면 되지 뭐가 걱정이니?"

"알았어요…우정아. 우리 유학 같이 갈래?"

경준이가 좋은 생각이라는 듯 우정이에게 물었다. 방학 때면 해외여행이나 어학연수를 밥 먹듯이 다녀오는 아이들이 대부분 인 학교에 다니다보니 경준이로서는 자연스럽게 그런 말이 나온 것이다. 그러나 우정이는 당황하여 우물거릴 뿐이었다.

"으응…글세…잘 모르겠어…아직 중학교 2학년인데…유학 은…"

그렇게 좋은 친구와 그 가족들과 함께 맛있는 음식을 먹고 즐 거운 시간을 보내고 집으로 돌아온 우정이는 괜히 짜증이 나서 퉁퉁거렸다. 저녁을 먹으라는 어머니의 부름에도 이렇게 소리를 질렀다.

"아, 필요 없어! 배불러서 안 먹을 거야! 맨날 먹는 김치찌 개…지겹다 지겨워…입에서 김치냄새가 진동을 해!"

"아니, 저 녀석이 왜 저래? 어디서 뭐 이상한 거 얻어먹고 다니길래 밥투정이야?!”

사정을 알 리 없는 가족들은 우정이를 나무랐다.

“다른 애들은 다 유명한 회사에서 만든 가방 들고 다니는데 나만 저게 뭐야! 나도 유명한 회사에서 만든 백팩 사줘, 씨! 유학은 못 보낼망정… 가방도 어디서 거지 같은 거만 사주고!”

그날 밤, 우정이는 왠지 알 수 없이 끓어오르는 짜증과 부끄러움 등의 복잡한 감정을 어찌할 줄 몰라 하다 겨우 잠이 들었다.

다음날, 학교에서 다시 경준이를 만났을 때에야 간밤의 언짢은 느낌들이 이해되기 시작했다. 공부도 운동도 좀 하고 가정환경도 부유해서인지 겉보기에도 왠지 있어 보이고 씀씀이도 너그러운 경준이는 여자아이들은 물론 남자아이들에게도 인기가 많았다. 둘이 함께 다녀도 늘 사람들의 관심을 끄는 것은 경준이였다. 그래서 우정이는 비참한 느낌을 받곤 했다.

“경준아 이거 가질래? 너 줄려고 가져왔어! 얼마 전 이탈리아 출장 다녀오신 엄마가 사다주신 야구모자야.”

“경준아, 낼모레 콘서트 티켓 있는데 우리랑 같이 갈래?”

“야, 경준아 너 이번 영어시험 반에서 3등이래! 아쉽게도 난 5등인데…이번 방학 영어연수도 같이 가자?!”

방학 때면 해외연수를 다녀오고 값비싼 가수 콘서트에 쉽게 가는 대부분의 아이들 속에서 우정이는 하찮은 존재처럼 느껴졌다.

내 삶의 주인은 누구

그러한 여러 가지 면에서 우정이는 반 친구들과 대화의 공통점이 없는 상대였다.

'내 자신이 너무 초라하다…다들 부잣집 애들이라 돈 걱정 없고 영어를 좀 하니까 공부 못해도 유학 가버리면 그만이고…나는 어떻게 아무것도 가진 게 없냐…그나마 경준이랑 친하니까 애들이 이 정도로 놔두는 거지, 그렇지도 않았으면 완전히 어떤 취급을 받을지…헐… 아버지는 돈도 많이 못 벌고 뭘 하는 거야! 차라리 이런 동네에 살지나 말든지, 왜 이런 부자 동네에 살면서 나를 이렇게 비교되고 초라하게 만드는 거냐구!'

우리의 불행은 다른 사람과 비교하면서부터 시작된다. 반대로 이야기하면, 아무와도 무엇과도 비교하지 않을 때 그 자체로 행복할 수 있다는 뜻이다. 많이 가진 사람 옆에 가면 상대적으로 적게 가진 사람이 초라하게 느껴지고, 미모가 뛰어난 사람과 그렇지 못한 사람을 비교하면 상대적으로 평범한 사람이 초라하게 느껴지게 마련이다. 그러면서 왜 나는 좀 더 갖지 못했을까 하는 생각에 불행해지는 것이다.

그러나 세상에는 완벽히 불행한 사람도 완벽히 행복한 사람도 있을 수 없다. 행복과 불행은 상대적인 것이다. 불행해지기 위해서는 끊임없이 다른 사람과 나를 비교하면 된다. 다른 사람보다 못한 것, 내게 부족한 것을 찾아내면 얼마든지 불행하다. 위의 에피소드에서 보듯, 우정이는 부자 동네에서 부잣집 아이들과 함께 공부하며 그들의 가진 것을 부러워하게 되었다. 방학 때면 영어연수를 다녀오고 교양 있고 품위 있는 부모님을 가졌으며 친구들에게도 인기가 좋을 뿐 아니라 머지않아 외국유학을 떠날 경준이는 부러움의 대상이다. 친한 친구이기에 말 못할 감정들이 더욱 아픈 상처로 느껴지는 것이다.

자기가 자신에 대하여 알고 느끼고 생각하는 스스로의 모습을 자아개념이라 할 때, 우정이의 자아개념은 매우 낮은 상태이다. 자아개념이 낮다는 것은 스스로에 대하여 부정적으로 생각하며 좋은 쪽보다는 안 좋은 쪽으로만 자신을 바라보게 된다는 의미이다. 그러다보니 자신의 장점보다는 단점에 집중하고 자신이 잘하는 것이 아닌 못하는 것들을 찾아내는 것이다. 그러나 우정이 자신이 알지 못하는 장점을 경준이는 알고 있다. 경준이는 '우정이가 한자실력이 매우 뛰어나고 자신보다 부지런해서 지각하는 법이 없다'는 점을 부모님에게 이야기한다. 우정이의 부지런함과 뛰어난 한자실력이 경준이에게는 부러운 점이다. 그럼에도 우정이는 정작 자신의 그러한 능력을 전혀 의식하지 못한다. 바로 자신의 가진 것, 장점이 아닌 단점에만 관심을 갖기 때문이다.

그리하여 늘 자신에게 부족한 것과 친구를 비교하게 되고, 비교할수록 우정이 스스로의 괴로움만 커져가고 나아가 열등감에 사로잡히게 되었다. 열등감 역시 대상과의 비교에서 비롯되는 감정이다. 사람은 누구나 평등한 만큼 우열을 비교할 수 있는 존재가 아니다. 100% 완벽한 존재가 없듯이 누구에게나 부족한 점이 있고 그만큼 상대적으로 뛰어난 점이 있게 마련이다. 비교에서 오는 고통에서 벗어나기 위해서는 자신의 장점, 남이 갖지 않은 나만의 개성을 찾을 줄 아는 자세가 필요하다. 영어를 못한다는 점이 비난받을 이유가 아니듯이 부자가 가난한 사람보다 나은 사람이라는 평가를 내릴 수도 없다.

여기서 필요한 것은 무엇일까. 바로 자신감이 아닐까. 우정이가 스스로 생각하듯 모든 점에서 부족한데도 경준이와는 어떻게 절친이 될 수 있었을까. 경준이는 자신의 한자실력이 부족함을 알고 인정하며 상대를 존중할 만큼 자신감이 있다. 한자는 못하지만 영어는 잘한다는 생각이 있으니 우정이와 친구가 될 수 있었던 것이다. 반면 우정이가 경준이보다 못한 점들만 손에 꼽는 것은 자신감부족 때문이다. 자신감은 스스로를 있는 그대로 인정하는 데서 발현될 수 있다. 내가 못하는 것은 인정하고 잘하는 것 역시 인정할 때 스스로에게는 물론 다른 사람들 앞에서도 당당할 수 있다.

늘 부족한 것만 생각하고 그것을 채우기 위해 뒤쫓다보면 평생 불행한 삶을 살 수도 있다. 반대로 내가 남보다 많이 가진 능력을 알고 그것을 더욱 풍부하게 완성시키기 위해 노력한다면 그는 늘 행복하다. '아 나는 쟤보다 가난해서 안 돼…영어를 못

청소년을 위한 사랑의 기술

해서 안 돼…못생겨서 안 돼…' 이런 비교는 불행한 자의 넋두리
이다. 스스로 정한 목표와 자신의 노력을 비교함으로써 한걸음
씩 앞으로 나아갈 수 있는 사람은 행복하다.

그러기 위해서는 먼저 자신이 얼마나 가치 있는 존재인가를
이해하는 과정이 필요하다. 그다음으로 자신의 장점, 자기만의
능력을 찾아 그것의 의미와 가치를 스스로에게 인지시키고 발전
시키는 노력을 해야 한다. 주어진 환경 역시 스스로 결정지은 것
이 아니므로 남과 다르다고 해서 위축될 필요는 없다.

'남의 떡이 커 보인다'는 말은 비교로 인한 불행을 단적으로
웅변한다. 아무리 같은 것을 가졌어도 남의 것이 더 좋아 보인다
면 그 사람은 영원히 만족할 수 없다. 그보다는 내 것이 세상 무
엇보다 소중하고 귀하다는 마음을 가질 때 가장 행복한 사람이
될 것이다.

우정이처럼 자존감이 이미 낮아져있는 상태에서는 하루아침
에 그런 생각을 갖기는 어려울 수도 있다. 날마다 거울을 보고
스스로에게 자신감을 일깨워주는 것은 어떨까. 나는 세상 누구
보다 귀하며 무엇이든 해낼 수 있으며 부자가 아니어도 불행하
지 않다는 사실을 스스로에게 일깨우는 것이다. 자기최면이라
고도 할 수 있는 이런 과정은 뜻밖에도 큰 효과를 거둘 수 있다.
매일매일 자신에게 용기를 불어넣어주고 암시함으로써 우리는
정말로 큰 용기와 자신감을 얻을 수 있다.

주위에 누군가와 비교하며 의기소침해진 친구들이 있다면 이런 방법을 한번 써보길 권한다. 내 삶의 가장 중요한 존재는 누구일까? 바로 나 자신이다. 나 스스로 나를 아끼고 존중하고 격려하지 않으면 그 누구도 나를 아껴주지 않는다. 모든 행복과 불행은 나 자신에게서 비롯됨을 기억하자. 나는 내 삶의 주인이니까!

고등학교 1학년 수연이는 부스스한 얼굴로 가방을 메고 독서실 문을 나섰다. 일요일 하루 해가 어스름해지는 시각이었다.

'어휴…또 하루 해가 지는구나…지겨워…'

일요일 하루도 집에서 편히 쉬지 못하는 것이 불만인 수연이는 아예 아침 일찍 가방을 싸들고 동네 독서실에 가는 일이 규칙적인 주말 스케줄이 되어 있었다.

'일주일에 하루는 집에서 좀 쉴 수 있었으면 좋겠네…'

수연이는 자신에게 거는 기대가 큰 부모님 눈치 때문에 그런 선택을 한 것이었다.

"그래, 공부도 습관이라 하루라도 쉬면 그만큼 능률도 떨어지고 하니까 독서실에서 문제 하나라도 더 풀어보는 게 좋지!"

그날 아침에 집을 나설 때도 어머니는 이렇게 말씀하셨다. 그러자 옆에 있던 중학생 남동생이 이죽거리듯 이렇게 중얼거렸다.

"치…그렇게 공부를 열심히 하는데 성적은 왜 그렇대?"

"뭐야?! 너나 잘 해!"

동생의 말에 수연이는 왠지 뜨끔함을 느끼며 도망치듯 골목으로 나섰다.

'그래 맞다…우등생 애들만 다닌다는 독서실엘 다녀도 성적은 늘 낙동강 오리알인지 메추리알인지…어디로 떠가는지도 모르겠네…어휴…'

그런 생각을 하면서도 어쩔 수 없이 독서실 지정석에서 하루 종일 이 책 저 책 뒤적여가며 나름대로 공부를 한답시고 앉아있었지만 수연이 머릿속은 어느 자욱한 안개 속을 헤매는 기분이었다. 집을 향해 무거운 걸음을 옮기는 수연이를 부르는 목소리가 들려온 것은 그때였다.

"수연아! 어디 가니?"

밝은 목소리와 함께 다가온 것은 중학교 동창 은정이였다. 중학교 졸업 후 예고에 진학하여 무용을 전공하는 은정이는 발랄한 표정이었다.

"은정아! 오랜만이다. 학교가 달라지니까 이렇게 얼굴 보기도 힘들다! 잘 지냈어?"

"그럼! 나야 거의 연습실에서 살다시피 하지. 넌 얼굴이 왜 이렇게 피곤해보여? 무슨 일 있니?”

시무룩해 보이는 수연에게 은정이가 걱정스레 물었다.

“아니…〈우등생 독서실〉에서 하루 종일 공부해서 그런가? 호호~”

수연이는 억지웃음을 지으며 이렇게 얼버무렸다.

“우리 오랜만에 수다 좀 떨다 갈래? 호호~”

은정의 제안에 둘은 근처 아이스크림 가게에서 달콤한 아이스크림을 핥으며 밀렸던 이야기를 나누기 시작했다.

“은정아 넌 무용하는 거 힘들지 않아? 하루 종일 연습만 할 때도 있잖아? 어휴, 나 같으면 못 할 거 같다!”

“당연히 힘들지! 근데 나는 무용이 정말 재미있고 신나! 그래서 하루 종일 해도 그렇게 힘들지 않아. 나중에 멋진 발레리나가 되고 강수진처럼 세계적인 무용수가 되어서 전세계 사람들 앞에서 멋진 공연을 한다고 생각하면 막 힘이 솟아난다~!”

“야 정말 부럽다! 그렇게 좋아하는 일이 있다니! 난 하고 싶은 일도 좋아하는 일도 장차 되고 싶어 하는 롤 모델로 없어…! 하루하루가 지겨울 뿐인데…”

“무슨 소리야? 너 중학교 때까지는 공부도 상위권이었잖아? 나중에 세계적인 건축가가 되는 게 꿈이라고 하지 않았어? 난 공부에 취미가 별로였잖아…공부 잘하는 니가 부러웠는데…왜 그래?”

　은정이의 물음에 수연이는 쓴웃음을 날리며 혀가 아리도록 달콤한 아이스크림을 한 입 베어 물었다.

　"글세…그땐 그랬는지 모르겠는데 이젠 모든 게 귀찮고…성적은 계속 어딘지 모를 낯선 곳을 헤매고 있는데…엄마 아빠는 옛날 생각만 하고 나를 달달 볶아대고…그렇다고 친구가 많아서 신나게 놀기라도 하나…그냥…하던 대로…할 게 없으니까…하고 싶은 게 없으니까 그냥 책만 열었다 닫았다 하는 거야…열었다 닫았다…학교에서 집…독서실…집에서 학교…왔다 갔다…"

　수연이의 무기력한 대답에 은정이는 답답한 듯 이렇게 되물었다.

　"그럼…너 취미도 없어? 뭐…수영이나 자전거나, 아니면 요즘 인기 있는 골프 같은 거라도. 아니면 악기를 연주하거나…공부가 지겹고 힘들면 다른 걸 해보는 것도 좋지 않을까? 그냥 그렇게 마지못해서 왔다 갔다 하는 건 의미가 없어. 너희 부모님은 네가 아직도 공부에 재능이 있다고 생각하셔서 좀 더 잘하도록 격려하시는 걸 거야. 근데 자신이 그렇지 않다고 느낀다면 이제부터라도 네가 잘 할 수 있는 다른 걸 찾아보는 것도 중요하다고 생각해. 나 봐, 공부에는 관심 없고 춤추고 노는 거 좋아하니까 무용에 관심을 갖게 됐고 즐겁게 열심히 노력하니까 멋진 목표도 갖게 됐잖아! 너도 할 수 있어! 공부만이 다가 아니야, 수연아!"

　"그렇구나…넌 정말 즐거운 일을 찾은 거네! 근데 난 아직 뭐

청소년을 위한 사랑의 기술

가 즐거운지 모르겠어…학교에 가도 재미없고 집에서도 그렇고…별 의욕이 없어…왜 살아야 되는지도 모르겠어…사실…장래 뭐가 되고 싶다는 희망이 없으니까…"

수연이는 이미 자신의 삶의 목표를 세우고 열심히 노력하는 은정이가 한없이 부러웠다.

그날 밤, 수연이는 방으로 들어서자마자 가방을 집어던지고 책상위의 물건들을 내팽개치며 손에 잡히는 책들을 모두 찢어발기기 시작했다.

"아악-! 다 싫어! 다 꼴도 보기 싫어… 지긋지긋해…! 죽어버릴 거야!"

요란한 소리에 뛰어온 가족들은 뜻밖의 상황에 놀라고 말았다.

"얘! 왜 그러니? 무슨 일 있었니? 느닷없이 이게 무슨 짓이야?!"

"지겨워! 난 왜 사는지 모르겠어! 시계추처럼 멍하니 왔다 갔다 하는 것도 지루해! 아무 것도 하고 싶은 일도 없는데 왜 공부를 해야 되는데?"

갑작스런 딸의 행동에 적잖은 충격을 받은 부모님은 서둘러 상황을 수습하기 위해 이렇게 호통을 치기 시작했다.

"엄마 아빠는 네가 원하는 건 부족하지 않게 채워주려고 노력한 죄밖에 없는데 왜 그러는 거냐!? 부모 말 잘 듣고 얌전하게 공부만 하는 줄 알았더니 대체 무슨 일이냐, 응…?! 하고 싶은

일이 없다니! 참나, 공부만 잘하면 할 수 있는 일이 얼마나 많은
데…! 엉뚱한 소리 하지 말고 정신 차려, 녀석아!”

자기 자신에 대해 만족하며 사는 사람은 얼마나 될까? 다른
사람과 비교함으로써 불행해지는 경우도 있지만 현재 자신의 모
습에 만족하지 못함으로써 불행한 경우도 있다. 자신의 모습에
만족하기 위해서는 무엇이 필요할까. 우선 자기 자신을 사랑하
고 아끼는 마음이 필요하다. 나는 매우 소중한 존재이며 어느 누
구와도 비교될 수 없는 존엄한 존재임을 안다면 스스로를 아끼
고 사랑할 수 있다. 그러면 자신이 사랑받을 가치가 있는 소중한
존재이고 어떤 성과를 이루어낼 만한 유능한 사람이라고 믿는
마음, 즉 자아존중감도 커지게 된다.

사람이 동물과 다른 것은 생각을 하고 진취적인 목표를 향해
나아가려는 의식을 갖는다는 점일 것이다. 그 ‘목표’가 때로는
큰 고통을 주고 더욱 노력해야 할 무거운 짐이 되기도 하지만,
바로 그런 이유로 우리는 다시 힘을 내고 최선을 다하는 것이다.

그런데 수연에게는 바로 그런 ‘목표’가 부재하다. 스스로 중요
한 존재이며 무엇이든 해낼 수 있다는 의지를 상실한 상태이므
로 무언가 되겠다는 목표도 있을 수 없다. 폭풍우가 몰아치는 어
두운 바다 한가운데서 위태로운 작은 배가 앞으로 나아가는 것
은 희미하나마 빛나는 등대가 있기 때문이다. 등대를 목표삼아
온힘을 다해 나아가는 과정을 통해 생존의 기술과 삶의 소중함

을 깨닫듯 수연에게도 구체적인 목표가 생긴다면 삶은 좀 더 달라질 것이다.

이야기 속 수연이는 무력감으로 인해 현재 자신의 모습과 능력을 인정하기보다 타인과의 비교를 통해 더욱 의기소침해지고 자존심이 매우 훼손된 상태이다. 중학교 때까지만 해도 공부를 제법 했으나 고등학교에 오면서 생각대로 성적이 오르지 않으니 공부에 대한 의욕이나 무엇이든 해낼 수 있다는 도전의식조차 약해진 것이다. 수연이 다시 예전처럼 자신을 사랑하고 인정하며 긍정적인 목표의식을 가지고 노력하려면 어떻게 해야 할까.

친구 은정이도 이야기했듯 공부를 잘해왔다고 해서 앞으로도 계속 공부만 해야 한다는 법은 없다. 공부에 지쳤다면 정신수양에 도움이 되는 좋은 취미활동을 시작해보는 것도 바람직하다. 자전거 타기나 수영, 탁구 등의 운동이나 요리, 무용, 그림, 악기 연주 등의 다양한 취미에 관심을 가져보는 것도 좋은 방법이다.

일류대학의 좋은 학과에 진학하기 위해서는 공부할 시간도 부족한데 무슨 취미활동이냐고 하는 사람도 있다. 그러나 좋은 취미활동은 공부시간을 뺏는 역할만 하는 것이 아니라 생활에 활력을 주며, 보다 적극적인 태도를 갖게 하는 긍정적인 영향을 미치기도 한다. 물론 공부는 팽개치고 취미활동에만 몰두한다면 곤란하겠지만 잠깐의 취미활동은 마음의 휴식을 가져오고 정서적 안정을 준다.

내 삶의 주인은 누구

취미로 시작한 활동에서 한걸음 나아가 뜻밖에도 숨겨져 있던 자신의 재능을 발견할 수도 있다. 재능을 발견하면 새로운 목표가 생길 수 있다. 무용이 재미있어서 열심히 하다 보니 장래의 원대한 목표를 스스로 세우고 도전하게 되는 은정이처럼.

불행히도 오늘날 우리의 학교 현실은 마음 편히 여가활동을 즐길 시간을 주지 않는다. 수연의 갈등과 불행도 바로 여기서 출발했음을 부인하기는 어렵다. 읽고 싶은 만화책도 읽을 시간이 없는데 몇 시간씩 쏟아가며 취미활동이라니! 왜곡되고 뒤틀린 청소년 시절의 초상은 '지금이 어느 땐데? 그건 시간낭비야!' 라고 비난을 퍼부을 것이다.

바로 이 순간, 정말 필요한 것은 무엇일까. 자신의 현재 상황에 대해 갈등하고 절망하며 길 잃은 돛단배처럼 폭풍우 속을 헤매는 수연이와 우리 청소년들에게 필요한 것은 진정한 용기가 아닐까. 힘들고 지쳐 쓰러질 듯 한데도 공부 외에는 아무것에도 한 눈 팔아서는 안 되는 불편하고 슬픈 현실에서 한걸음 밖으로 용감하게 나서야 한다. 그리고 정말 내가 원하는 것이 무엇인지, 내 풍요로운 삶을 위해 정말로 해야 할 것이 무엇인지 진지하게 고민하고 찾아나서는 것이다. 그러면 어쩜 수연이는 멋진 악기 연주자가 될 지도 모르고, 또 다른 수연이는 유명한 헤어디자이너, 혹은 세계적인 요리사가 될 지도 모른다.

똑같은 줄 위에 세워놓고 순서를 정하는 공부놀이는 사실 이

청소년을 위한 사랑의 기술

젠 좀 식상하다! 수학공식을 외우고 원자기호를 외우는 지루하고 획일적인 학습을 강요하며 교실 밖에서 즐겁게 배우고 얻을 수 있는 더 많은 것들을 접할 기회를 박탈할 권리는 누구에게도 없다. 그것을 찾아 나서는 또 다른 수연이를 가로막을 권리도 없다. 용기 있게 나서라. 용기 있게 찾아나서는 자만이 원하는 것을 구할 수 있다. 나의 삶은 누구도 대신 살아주지 않는다!

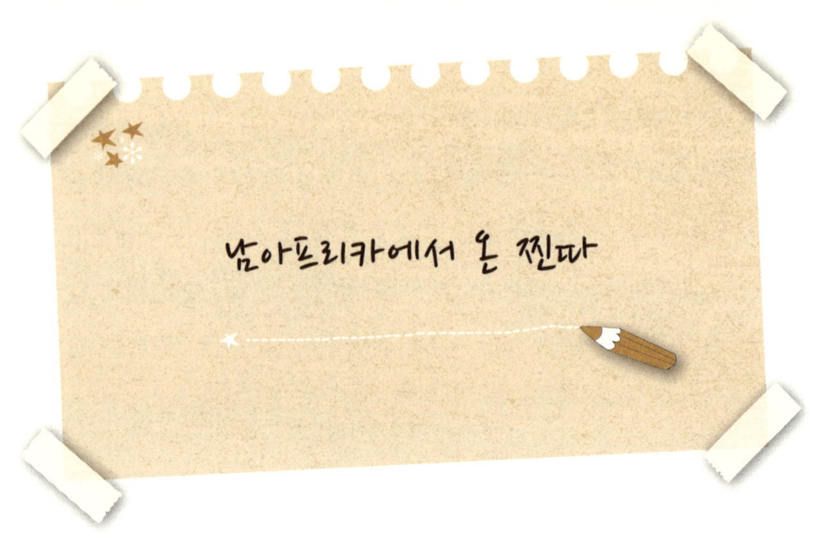

초등학교 4학년 때 아버지의 직업상 가족들과 함께 남아 프리카로 이주하였던 영준이는 얼마 전 다시 한국으로 돌아왔다. 이후 영준이는 고등학교 2학년에 들어가게 되었다. 영준이는 6~7년 만에 다시 접하게 된 한국 생활이 많이 낯설게 느껴졌다. 늘 함께 생활하던 서양아이들이 아닌 같은 한국인 친구들이 곁에 있다는 사실이 오히려 익숙하지 않고 사용하는 한국말도 어색하기만 했다. 외국에 살다 왔다는 사실은 한국 아이들에게도 역시 적잖은 관심거리가 되어 호감을 사는 듯해서 영준이로서는 그나마 다행이라고 여겼다.

하지만 영준이의 생각과 달리 반 친구들의 반응은 그리 우호적이지 않았다.

"아프리카에서 왔다고? 헤이, 컴온~깜둥이! ㅋㅋ"

“미국이나 캐나다에서 살다 오는 애들은 봤어도 아프리카까지 가서 살다오는 애는 첨봤다! 흑인들이 먹을 것 없어 날마다 수백 명씩 굶어죽는다는 나라 아니냐? 왜 그 가난한 나라까지 갔을까~?”

“아버지 직업 때문에 갔다잖아?! 아빠 직업이 뭘까요~ 슈바이처박사라도 되냐? ㅎㅎ~”

아이들은 아프리카가 가난한 대륙이라는 선입견을 가지고 이렇게 비아냥거리며 놀려대기 시작했다.

“그렇지 않아! 우리가 살았던 Republic of south Africa는 아프리카의 다른 나라들과 달라!”

영준이가 서툰 한국말로 조금이라도 사실을 이야기하려고 들면 더욱 짓궂게 놀려댔다.

“푸하하~ 말투는 또 왜 저렇게 머저리같냐? 아프리카말만 하다 보니까 한국말도 다 잊어버렸나보네, 진짜 쩐다! 응?!”

“콩가야~콩가야~콩~~이런 아프리카 노래도 잘 알겠네? 한번 해봐! 너도 부시맨처럼 팬티만 입고 살았던 건 아니고?! 히히~”

낯선 환경에 대한 두려움이 채 가시기도 전에 아이들의 놀림은 시작되었고 갈수록 심해져갔다. 당황한 영준이는 점점 위축되어갔다. 처음엔 그런 사실을 이야기하고 도움을 요청하기 위해 선생님을 찾아갔으나 선생님의 반응도 신통치가 않았다.

"네가 아직 한국말이 서투르니까 애들이 듣기에는 어색해서 그러는 걸거다. 너무 신경 쓰지 말고 네 할 일만 열심히 하면 되는 거야! 그리고 애들도 너한테 관심이 있으니까 그러는거 아니겠냐? 네가 더 적극적으로 마음을 열고 다가가도록 노력해봐!"

선생님의 대답은 옳은 말이었으나 남의 나라에 온 것처럼 낯선 영준이에게는 도움이 되지 못했다.

그로부터 영준이의 학교생활은 나날이 지옥같이 이어졌다. 영어나 제2외국어 수업 외에는 수업내용을 제대로 이해하기가 어려웠을 뿐더러 과목별로 특별한 수업준비물이 필요할 때도 제대로 알지 못해 준비를 못하는 경우가 빈번했다. 또한 반 친구들의 농담이나 유머를 귀동냥으로 들어도 의미를 파악하지 못해 멍하니 있다 보니 서서히 외톨이가 되어갔다. 그렇게 되자 처음에 영준이에게 호감을 가지고 친해보려던 다른 친구들도 더 이상 접근하지 못하고 다른 아이들과 함께 따돌리는 편이 되어버렸다.

아침부터 비가 내린 어느 날, 체육수업은 운동장이 아닌 학교 대강당으로 장소가 변경되었다. 반 아이들은 모두 체육복을 갈아입고 대강당으로 몰려갔으나 행동이 빠르지 못해 뒤처지게 된 영준이는 엉뚱하게도 소강당으로 향했던 것이다. 교실을 지키기 위해 남아있던 주번이 영준이에게 '소강당'이라고 알려주었던 것이다. 소강당은 계단형으로 된 시청각실이었다. 그 곳에서는 때마침 다른 학급의 시청각수업이 있었는데 영준이는 엉뚱하게도

청소년을 위한 사랑의 기술

남의 시청각수업에 참여하고 말았다. 자신이 따돌려진 것만으로도 억울한데 체육수업을 땡땡이 쳤다는 이유로 그날 방과 후 몇 시간 동안이나 체육실에서 벌까지 받아야 했다.

그뿐이 아니었다. 주말 봉사활동으로 반에서 다른 아이들과 함께 근처의 복지시설이나 병원 등으로 나가게 되었을 때도 아이들은 영준이를 따돌렸다.

"야, 이건 우리가 할 테니까 너는 저기 세탁실 가서 환자들 똥 묻은 빨래해!"

몇몇 아이들이 재활용품 분리수거장 앞에서, 좀더 힘들고 어려워 보이는 일은 영준이에게 넘기려들었다.

"나도 그 일 같이 하면 안 되냐? 나…빨래할 줄 모르는데…?"

영준이가 어렵게 의사를 표현했으나 아이들은 냉정하게 대꾸했다.

"야 쌩까지말고 저리 꺼져! 그럼 니 할 일은 니가 알아서 찾아! 이건 계속 우리가 해온 일인데 여기다 숟가락만 얹겠다고?!"

"그건 안 되지…이 일도 얼마나 힘들고 섬세한 작업인데! 너도 하고 싶은 일 따로 있으면 담당자한테 가서 말 해~! 우린 우리끼리 하고 싶다! 꺼져라~잉!"

오랜만에 돌아온 한국 생활에 제대로 적응하고 심리적으로 안정을 찾을 겨를도 없이 또래집단에서 따돌림을 당하는 경험은 영준이에게 큰 충격이었다.

‘왜 저렇게 나를 싫어하는 거지…내가 뭘 잘못한 걸까…말을 걸어도 싫어하고 같이 밥 먹는 것도 싫어하고…내 존재 자체가 잘못인가…아무래도 나한테 문제가 있나봐…’

어릴 때 갑자기 남아공으로 생활의 터전을 옮기게 되었을 때도 영준이는 한동안 혼란을 겪어야 했다. 언어와 문화, 생활방식 자체가 전혀 다른 낯선 나라에 적응한다는 것은 어른에게도 힘든 일이지만 정체성이 확립되기 이전의 어린아이에게는 더욱 혼란스러운 일이었다. 그럼에도 특유의 낙천적이고 적극적인 성격으로 곧 현지생활에 적응해 갔다. 그러나 정작 자신이 태어난 나라로 돌아온 앞으로의 생활에 대하여는 긍정적이고 희망적인 느낌보다는 두려운 느낌이 커져갔다. 그런 혼란스러움 속에서 영준이는 점점 자신감을 잃고 의기소침해졌으며 누군가와 눈을 마주보고 대화를 나누는 것조차도 힘들어하기 시작했다.

얼마 후, 영준이네는 제주도로 수학여행을 가게 되었다. 짧은 며칠간의 단체여행이지만 집과 학교를 벗어날 수 있다는 기대감으로 모두들 부풀어 올랐다. 영준이도 학교에서 단체로 가는 것이 걱정스럽기는 했지만 한국에 와서 첫 여행이었으므로 조금씩 설레는 느낌이었다.

“야, 찐따! 설마 너도 갈 생각하는 건 아니지−?”

“외국물 먹고 살던 애가 겨우 제주도를 가고 싶겠냐? 그건 아니지…”

청소년을 위한 사랑의 기술

어느새 영준이를 특히 눈엣가시처럼 여기고 원수대하듯 하던 몇몇 아이들이 다가오며 이죽거렸다.

"어…아니…나도…갈…건데…다 가는 거 아니니…?"

영준이가 뜻밖의 상황에 당황하여 이렇게 더듬거렸다.

"헐~~무슨 소리–다 가는 거 아니야! 갈 수 없는 사람은 안 가도 돼! 특히 너처럼 찐따는! 히히~!"

"찐따? 그게 뭔데? 내가 왜 찐따야? 나한테 왜 그러니? 내가 외국에서 살고 싶어서 살다온 것도 아니고 한국말이 서툰 것도 꼭 내 잘못만은 아니잖아? 내가 피해준 것도 없는데 왜 자꾸 따돌리는 거야?"

영준이가 이렇게 따지고 들었으나 아이들은 그저 이렇게 비웃으며 돌아서는 것이었다.

"저 찐~따…저거.. 발음 꼬여가지고 한국말인지 아프리카 말인지 알아먹을 수가 없네! 야, 가자…병신…재수없게스리…"

어떤 그룹에서 따돌림을 당하는 사람을 '왕따'라고 하고 누군가를 외톨이로 만드는 일은 '왕따시킨다'고 한다. 따돌림이라는 말은 원래 있던 용어이나 여기에 왕(王=king)이라는 단어가 붙으면서 새로 만들어진 용어이다. 보통 따돌림은 한 사람이 다른 한 사람을 배척한다기 보다 여러 사람이 한 사람을 외톨이로 만드는 경우에 해당한다. 우리 사회에서 왕따–집단따돌림이 사회문제가 되기 이전, 일본에서 살고있는 한국인들에 대한 '이지메'

사건(일명 왕따사건)들이 있었다. 일본인들이 자기네 나라에서 사는 한국인들이 밉고 보기 싫어서 여러 가지 방법으로 집단으로 괴롭히고 따돌림으로써 급기야는 자살과 같은 극단적인 결과를 초래했던 것이다.

그 후 우리 사회도 점점 극한 경쟁구도 속으로 들어가면서 학교뿐 아니라 전반적인 사회 속에서 집단 따돌림 현상이 나타나고 심화되어가고 있다.

왕따라고 하면 마치 그 대상에게 무슨 문제가 있는 것처럼 생각할 수도 있으나 그것은 잘못된 생각이다. 대체로 왕따 사건에 연루된 피해자와 가해자들의 경우를 살펴보면 타당한 이유를 찾기 어렵다. 외모가 이상하다거나, 공부를 못한다거나, 아빠가 없다, 지능이 떨어진다, 신체장애가 있다거나 하는 이유도 그렇지만 심지어는 집이 부자이거나, 유학을 다녀와서 잘난 체를 한다, 혹은 이기적이다, 공부를 잘한다는 것도 따돌림의 이유가 되기 때문이다. 이것은 다양성과 개성, 차이를 인정하지 않으며 통일성과 획일성만을 중시하는 현재 우리 교육의 책임이라고 볼 수 있다. 누군가를 따돌리는 것도 자기들만의 동질성을 지키기 위한 노력의 일환인 것이다.

그렇게 끼리끼리 모여 자신들과 다른 누군가를 괴롭힘으로써 쾌감을 얻는 것은 인간의 존엄에 대한 깊이 있고 의미 있는 교육이 부재한 탓이다. 어느새 학교는 사회적 성공을 위하여 거쳐야 할 과정일 뿐 진정한 인성교육은 뒷전이 되다보니 남보다 앞서나가는 것만이 교육의 주요 덕목이 되어버렸다. 정말 중요한 것은 성적표의 숫자가 아니라 친구들 간의 우정과 배려심, 인내심, 이타심이라는 점을 배울 시간이 없기 때문이다.

위의 이야기 속에서도 오랫동안 외국에서 살다와 모든 것이 낯설고 서툰 영준이를 또래집단 친구들이 어떻게 대하는가. 아이들은 그가 새로 한국생활에 적응하기 위해 얼마나 힘들어 할지에 대해서는 관심도 걱정도 없다. 다만 서툰 한국어 말투가 싫고, 외국에 살았다는 것 자체가 마음에 들지 않으며 외국어를 잘하는 것도 마음에 들지 않는다. 그러다보니 동료로서 안내해주고 도와주기보다 따돌림으로써 곤경에 빠뜨리고 즐거워하는 것이다. 배려심과 이타심을 배우지 못했기 때문이다. 그러나 다른 한편으로 생각해보면 아이들은 어쩌면 일찍부터 외국에서 살다오고 영어를 잘하는 등 여러 면에서 자신들보다 나아보이는 영준이에 대한 부러움과 동시에 가까워지고 싶은 마음을 제대로 표현하지 못하고 반대로 부정적인 형태로 표출한 것은 아닐까.

진정한 인성교육은 학교, 가정 어느 곳에서도 진지하게 제대로 이루어지지 않고 있다. 이렇듯 마음에 들지 않으면 매정하게 한사람을 따돌려 바보를 만들어버리는 그릇된 학창시절을 보낸 청소년들이 성인이 된다면 과연 어떤 어른이 될 것인가. 주위의 누군가를 배려하고 서로 협력하는 파트너가 될 수 있을까.

내 삶의 주인은 누구

왕따와 같은 의미로 '찐따'라고도 하는데, 찐따는 따돌림 당하는 쪽에 문제가 있다는 인상을 더 강하게 준다. 아이들이 영준이를 찐따라고 부르는 것은 바로 '니가 따돌림당할 만하다'는 의미를 강하게 담고 있음을 보여준다.

그렇다면 영준이는 어떻게 집단 따돌림에서 벗어날 수 있을까. 집단 따돌림 하는 쪽이 문제이긴 하지만 영준이도 예전처럼 낙천적이고 긍정적인 마인드를 되찾도록 노력하고 좀 더 당당하게 아이들 앞에 맞서야 할 것이다. 낯선 한국생활에 적응하기 위해 더욱 적극적으로 노력하고 아이들에게 자신의 진심을 전할 수 있는 기회를 만드는 방법도 찾아보면 어떨까. 아이들의 따돌림에 대하여 소극적으로 당한다는 인상을 주었다면 이제부터는 스스로 먼저 아이들에게 다가가 말을 걸고 생각을 전함으로써 자신을 표현하는 노력이 필요하다. 누구도 혼자서는 살 수 없다. 결국 서로 마음을 합치고 배려하는 마음이 있을 때 우리 사회는 바람직한 세상이 될 수 있다. 따돌림을 당할 때는 위축될 수도 있겠지만 피하고 외면하기보다 진정성을 가지고 다가가려 노력해야 한다. 왕따가 길어지고 소극적이고 비굴한 대응은 더욱 나쁜 결과를 가져올 수도 있다는 점을 기억하자. 가끔 오랜 기간 이어진 따돌림을 견디다 못해 스스로 목숨을 끊는 경우들을 볼 수 있다. 그런 결심을 하기까지 얼마나 큰 고통을 겪었을지는 감히 짐작한다고도 말하기 어려울 정도이다. 극단적인 결

심을 하기까지 정말로 목숨 걸고 따돌림을 극복하기위해 노력해
보는 과정이 필요하다. 죽을 만큼 힘들다면 죽을힘을 다해 맞서
보는 것이다. 죽음은 그 후에 생각해도 늦지 않다. 기억하자, 가
장 중요한 것은 나 자신이다. 누구도 나의 삶을 책임져주거나 만
들어주지 않는다. 오직 내 삶의 주인인 나 자신만이 그 열쇠를
쥐고 있다!

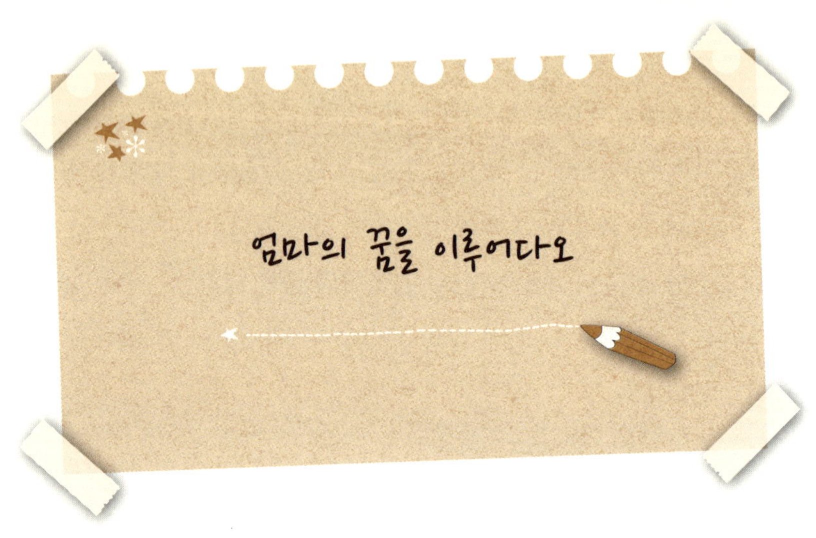

"너 오늘 왜 이렇게 늦었니? 전화도 받지 않고! 오늘 김 교수님 레슨 받으러 가는 날인 거 알아, 몰라? 요새 왜 자꾸 그러니?"

밤 9시가 넘어 집에 돌아온 민영이 머리 위로 어머니의 잔소리가 소나기처럼 쏟아졌다. 그럴 줄 알면서도 민영이는 오늘 작정을 하고 엄마의 스케줄에 펑크를 내버린 것이다. 그래서 귀가 따갑긴 하지만 속으로 열심히 딴생각을 하며 흘려보내고 있었다.

'조금만 더 참자…내일은…음…그렇지…맞아 그렇게 해야겠다…진호한테 카톡 해야지…조금만 더 견디자…곧 끝날 거야…아…아…아에이오…우…가나다라바사아…'

장차 세계적인 플루티스트를 만들겠다며 어머니는 고등학교 2학년인 민영이를 날이 갈수록 더욱 심하게 채근하기 시작했다.

물론 민영이도 플루트 연주가 싫지 않고, 제법 한다는 소리를 들었기에 그동안 즐겁게 해왔던 것이다. 그러나 어느 순간부터 민영이의 마음은 플루트에서 조금씩 멀어지고 있었다. 딸이 어떤 생각을 하고 고민하는 지는 이미 관심이 없고 다만 얼마 남지 않은 대학입시에서 안전하게 성공하기만을 바라는 어머니는 민영이의 태도가 그저 잠깐의 반항이거나 투정 따위일 거라고 여기며 애써 무시하고 있었다.

민영이는 걸음마를 뗄 때부터 어머니 손에 이끌려 다녔다. 소녀 적 꿈이 피아니스트였던 어머니는 여러 가지 이유로 그 꿈을 이루지 못한 채 포기하고 살아야 했다. 자녀들이 태어났을 때 어머니는 기다렸다는 듯 여러 가지 악기를 손에 쥐어주며 재능을 발견하기 위해 노력했다. 민영이 오빠 민호도 그런 과정을 거쳐 몇 년 동안 바이올린을 배우기도 했다. 그러나 중학교에 들어가면서 민호는 거칠게 반항하기 시작했다.

"난 더 이상 바이올린 안 해요! 하기 싫단 말이야!"

몇날 며칠을 단식투쟁한 끝에 결국 민호는 자유를 얻었고 그때부터 좋아하는 운동을 할 수 있게 되었다. 그런 전철을 겪은 어머니는 민영이가 행여나 중도에 그만두지 못하도록 걸음마를 뗄 때부터 아이가 조금이라도 좋아하는 것을 찾기 위해 노력했다. 그 결과 민영이는 반짝이는 금관악기의 멋진 외모에 반한 듯 플루트를 선택했다. 그리고 고등학교 2학년이 되도록 거의 12년 동안

한 눈 팔지 않고 연습에 연습을 거듭했다. 나날이 실력이 좋아지는 것을 느낄 때마다 어머니는 흐뭇함을 감출 수가 없었다.

'피우지 못한 나의 꿈을 드디어 네가 이루어주는 구나! 정말 아름다운 선율이고 아름다운 우리 딸이야!'

하지만 어머니의 이런 흐뭇함과 기대와 달리 시간이 흐를수록 민영이는 조금씩 지쳐가고 있었다. 다만 어머니의 뜻에 따라 악기연주와 함께 해온 세월이 너무 길고 깊어서 하루아침에 그만두겠다는 소리를 하지 못할 뿐이었다.

"내년이면 입시 아니니…? 조금만 더 열심히 하면 김 교수님 계신 대학 정도는 문제없이 들어갈테니까 그때까지만 좀 더 고생하자…얼마 안 남았어!"

조금이라도 힘들어하는 모습이 보이면 어머니는 이렇게 딸을 달래어 연습실로 보내곤 했다. 하지만 민영이는 고등학교에 들어와 우연히 댄스동아리 친구들과 어울리면서 춤추는 재미에 빠져들기 시작했다. 마치 타고나기라도 한 것처럼 춤동작을 금방 익히고 멋지게 따라하는 모습을 본 친구들의 칭찬이 이어지자 더욱 흥이 나곤했다. 어찌 보면 플루트보다 백배는 몸이 힘들었지만 땀을 흘리고 난 뒤에는 그 무엇에도 비할 수 없는 쾌감이 밀려왔다.

"내 안에 이런 에너지가 숨겨져 있는지 몰랐어!"

그렇게 학교에 있는 동안 민영이는 할 수 있는 최대한의 에너

청소년을 위한 사랑의 기술

지와 시간을 춤추는데 할애했다. 춤은 아무리 어려운 동작을 수백 번 반복해도 질리지가 않았다. 그에 반해 똑같은 곡, 똑같은 마디를 수백 수천 번씩 반복하며 잘할 때까지 연습해야 하는 플루트의 무게는 천근만근으로 다가왔다.

"아 날마다 춤만 추면서 살면 좋겠다! 난 세상엔 플루트밖에 없는 줄 알았어…바보같이 살았어!"

민영이가 땀으로 범벅이 된 얼굴을 닦으며 이렇게 말했다.

"그치! 나도 춤출 때가 제일 즐거워! 난 나중에 백댄서가 될 거야! 유명한 가수들의 노래를 돋보이게 만드는 화려하고 멋진 춤을 출 자신이 있어!"

함께 춤 동아리에서 활동하는 친구가 대답했다.

"플루트 그만둔다고 말해볼까? 그럼 아마 날 죽이려고 하겠지…?"

"니네 엄마가? 설마…하긴…넌 10년도 넘게 플루트만 했다며? 좀 아깝긴 하다…너 그걸로 대학가려는 거 아니었어?…가만히 안 계시겠다, 나 같아도…"

얼마 후, 모 음악대학에서 열린 관악기 콩쿠르에 나간 민영이는 어머니의 기대를 무참하게 만들고 말았다. 뜻밖에도 등위 안에 들지 못한 것은 물론 실수를 해서 연주를 제대로 끝내지도 못했던 것이다. 그날 저녁 어머니는 딸에게 참았던 분노를 터뜨렸다.

"너한테 내가 뭘 못해줬니? 걸음마할 때부터 지금까지 너를 위해서 아낌없이 시간과 돈과 정성을 쏟아부었는데 이게 뭐하는 짓이니? 곧 입시반인데 못해도 3등은 했어야지…세상에 무대에서 실수를 해? 내가 너를 어떻게 키웠는데-?!"

그러자 민영이도 더 이상 참을 수 없다는 듯 입을 열었다.

"플루트 그만 둘래요! 더 이상 실력이 늘지도 않고 플루티스트가 되고 싶지도 않아요! 내가 하고 싶은 건 따로 있단 말이야!"

어머니는 딸의 대꾸에 놀라 되물었다.

"뭐-? 그만둔다고? 이제 와서, 미쳤니? 악기만 해도 천만 원이 넘는데다 매달 레슨비도 수백만 원씩 들여놓고! 엄마는…네 나이 때 좋아하는 피아노를 치고 싶어도 여건이 안 되서 못했어…내가 못했어도 내 딸은 꼭 다 해주려고 했어. 넌 내 꿈이야! 한 발짝만 더 가면 꿈을 이룰 수 있는데 왜 그만둬?! 제정신이야?"

"난 엄마의 인생을 대신 살아주는 사람이 아니야! 내가 플루티스트가 되는 게 왜 엄마의 꿈을 이루는 거야? 플루트 연주자도 내가 되고 싶어서 돼야 진짜 꿈을 이루는 거지, 엄마 때문에 억지로 돼야 한다는 건 말이 안 돼! 어릴 때 엄마가 취미로 해보라고 해서 그냥 시작한 거였지, 난 그런 꿈을 정한 적 없어! 난 춤을 출거야! 춤출 땐 내가 살아있다는 걸 느껴-! 내 자유로운 영혼이 하늘을 날 것 같아! 저 금속 악기는 이제 지긋지긋 해! 조금만 더 하다간 그냥 부러뜨려 버릴지도 몰라. 엄마…나, 내가 정말 원하는 걸 하게 해주세요…"

어머니의 반문에 민영이는 더욱 필사적으로 발버둥치듯 외쳤다.

"넌 꿈을 이룬다는 게 어떤 건지 몰라서 그래…꿈을 이루지 못한 나는 불행했지만 너만은 행복해지길 바라는 것뿐이야! 제발 꿈을 버리지 마!"

"그건 엄마의 꿈이지 내 꿈이 아니잖아! 나를 꼭두각시로 만들지 마! 난 내 꿈을 갖고 싶어, 엄마!"

그렇게 꿈에 관한 모녀의 슬픈 공방은 밤늦도록 이어졌다.

자녀의 불행을 바라는 부모는 없다. 자신은 못 먹고 누리지 못하더라도 자식에게만은 조금이라도 더 해주고 싶은 게 세상 모든 부모의 마음일 것이다. 자녀가 원하는 것은 다 해주려 애쓰면서도 충분하지 못하면 죄를 짓는 심정으로 안타까워하기도 한다.

이처럼 보통의 경우에는 자녀가 꿈을 이루도록 지원하는 것을 부모들은 보람으로 삼는다. 그것이 곧 부모들의 바람이기도 하기 때문이다. 대체로 부모와 자녀는 대화를 통해 그들의 공통 관심과 장래 희망 따위를 갖게 된다. 그 바람대로 살게 되기를 부모도 자녀들도 희망하며 살아간다. 그러나 때로는 자녀의 희망이나 관심보다는 부모의 바람이 좀 더 큰 비중을 차지하는 경우도 있다. 모든 사람이 자신의 꿈을 이루는 것은 아니기에, 이루지 못한 과거의 꿈을 자녀를 통해 대신 이룸으로써 대리만족을 기대하는 부모가 있기 때문이다.

사회적으로 판검사, 변호사, 의사 등의 직업이 선망의 대상이었던 시절에는 많은 부모들이 자녀에게 그런 직업을 갖기를 기대하거나 좀 지나친 경우에는 반강제적으로 다그치기도 했다. 그러나 시간이 흐르고 현재의 청소년들은 자유롭고 뚜렷한 자기 생각을 갖게 되었다. 지금도 부모의 뜻에 따라 순응하는 삶을 사는 경우도 물론 있지만 자기가 정말로 하고 싶은 것을 스스로 찾아내고 그것을 향해 용기 있게 나아가는 청소년들도 많다. 부모와 자녀의 뜻이 같다면 문제는 간단하겠지만 위의 이야기처럼 민영이와 어머니가 민영이의 장래에 대하여 서로 다른 꿈을 품고 있을 때는 갈등이 생긴다.

민영이 어머니는 자신이 이루지 못한 음악가의 꿈을 자녀들을 통해 대신 이루려는 의지를 품고 있다. 아들에게도 악기를 시켰으나 아들은 더 일찍 자신의 꿈은 음악가가 아니라는 점을 당당히 밝혔으나 딸인 민영이는 여러 가지 이유로 어머니의 뜻을 거스르지 못하고 고등학교 2학년이 될 때까지 플루트 레슨을 이어왔다. 고등학교에 오기 전까지는 그래도 민영이도 악기연주가 그리 싫지는 않았을 것이다. 10년 넘게 하다 보니 습관적으로 이어진 면도 있고 오랜 꿈을 자신을 통해 이루고자 하는 어머니

청소년을 위한 사랑의 기술

의 마음을 알기에 차마 중도에 그만둘 수 없었을지도 모른다.

그러나 고등학교에 오면서 우연히 댄스동아리 활동을 경험하고는 시간이 갈수록 더해가는 대학입시에 대한 부담감은 민영이의 마음을 무겁게 했다. 좋은 소리를 내기 위해 반복되는 긴장되고 힘든 악기 연습에 비해 댄스 동아리 활동은 날개를 단 것 같은 자유로움을 느끼게 해준다. 춤이든 악기 연주든 잘 하기 위해서는 똑같이 힘든 연습과정이 필요하지만 춤은 억압되어 있던 무언가를 밖으로 분출시키는 쾌감과 열정을 느끼게 해주었을 것이다. 바로 그 점에서 민영이는 자신의 장래에 대하여 다시 생각하게 되었다. 하지만 딸을 통해 자신의 꿈을 이루려던 기대감에 젖어있던 어머니로서는 하늘이 무너지는 듯한 실망감을 맛보게 된다.

민영이의 미래에 대하여 두 사람이 서로 다른 꿈을 갖는다는 것은 모순이 아닐 수 없다. 민영이는 어머니와 어떻게 화해해야 할까 생각해보자.

우선 어머니는 자신과 딸을 분리해서 생각해야 한다. 딸을 지나치게 사랑한 나머지 자신의 꿈을 투영하여 자신이 바라는 존재로 성장해주기를 바라는 것은 욕심이다. 민영이에게도 자신만의 꿈이 있음을 인정해야한다. 딸은 자신의 꿈을 대신 만족시켜주기 위한 존재가 아님을 분명히 인식하는 것이다. 어머니는 진정으로 딸을 위하는 길이 무엇인지 고민할 필요가 있으며 실패와 고난이 있더라도 자녀 스스로 만족할 수 있는 길을 찾도록 마

내 삶의 주인은 누구

음으로 지지하고 도와주는 것이 바람직하다.

민영이는, 어머니의 간절하고 오래된 꿈이 어떤 것인지 알기에 자신의 진정한 바람이 무엇인지 고민해볼 겨를도 없이 지금까지 왔다. 그렇다면 이제라도 자신의 진정한 바람에 대하여 어머니와 깊이 있는 대화를 나눌 시간이 필요하다. 댄스동아리를 접하기 전까지는 정말 자기 꿈이 무엇인지 모른 채 오래된 습관처럼 플루트와 함께 하는 장래를 그려왔으나 춤을 추는 경험을 통해 민영이 자신의 또 다른 열정과 꿈을 찾은 것이다. 이러한 사실에 대하여, 진지한 고민을 통해 자신의 미래에 대하여 생각하게 되었음을 이야기하고 어머니를 이해시키는 과정이 필요할 것이다. 또한 춤에 대한 현재의 열정이 한순간의 해방감에 의한 충동적이고 즉흥적인 감정은 아닌지 그 또한 신중하고 진지하게 되짚어보아야 한다. 이처럼 사려 깊은 과정을 거쳐 자신의 선택에 만족하고 후회 없는 결정을 내려야 할 것이다. 딸에게 모든 것을 걸었던 어머니의 생각을 하루아침에 바꾸기에는 쉽지 않을 것이다. 자녀의 행복을 바라는 부모의 마음, 자신의 모든 것을 바쳐서라도 자녀를 뒷바라지하는 그 마음을 헤아린다면 차마 매몰차게 '나의 꿈은 내가 선택 한다'고 선뜻 말하기 어려울 수도 있으리라. 그러나 내 인생의 진정한 주인이 누구인가를 기억하자. 그것은 부모에게 맞서는 것이 아니라 참된 삶의 주인이 되기 위하여 시작해야 할 첫 걸음이 아닐까.

잃어버린 안식처

중학교 3학년 규현이는 집에 들어가기가 싫었다. 학교도 학원도 아무 생각 없이 가방만 들고 왔다갔다 할뿐, 무엇 때문에 그렇게 힘들게 살아야 하나 싶은 마음뿐이었다.

"버스 안 타…? 규현아, 너 집에 안 가? 늦었잖아…?"

학원을 함께 나선 친구가 셔틀버스에 오르며 그대로 터덜터덜 걸어가는 규현에게 물었다.

"어…그냥 좀 있다 갈 거야…"

그러면서 규현이는 근처에 있는 PC방을 향하고 있었다.

"야, 벌써 10시가 넘었어!"

친구의 외침을 뒤로 하고 들어선 지하 PC방은 밤을 잊은 매니아들로 북적거렸다. 규현이는 빈자리를 찾아 앉으며 컵라면부터 사먹었다. 예전에는 학원이 끝나면 집으로 가 어머니가 해주는 간식을 먹으며 하루일과를 정리하곤 했었는데 이제 와서 생각하면 꿈만 같게 느껴졌다.

'이젠 내가 집에 오는지 나가는지 아무도 관심이 없으니…집에 가봐야 짜증만 나고…차라리 여기가 천국이다…'

마침 다음날이 토요일이어서 규현이는 그곳에서 마음 놓고 게임을 하거나 졸다 깨다를 반복하며 밤을 지새웠다. 마지막 남은 용돈을 PC방에 고스란히 털어주고 밖으로 나섰을 때는 토요일 한낮의 태양이 머리 위에서 녹아내릴 듯 뜨거운 시각이었다.

'이제 또 어디로 가지? 돈도 없으니 할 수 없네…'

규현이는 떨어지지 않는 걸음을 옮겨 집으로 향했다.

"야, 조규현! 너 어디 있다가 인제 기어들어오는 거야?!"

현관문 열기가 무섭게 기다렸다는 듯 누나의 성난 목소리가 들려왔다. 고등학교 2학년인 누나는 몹시 화가 난 얼굴로 동생을 나무랐다. 그러나 어머니의 모습은커녕 목소리도 들리지 않았다. 그럴 줄 알았다는 듯 규현이는 누나의 꾸지람 따위는 신경도 쓰이지 않는 표정으로 되물었다.

"없어? 나갔어? 아님 방에 있어? 어?"

"이게 어디서 딴소리야! 왜 자꾸 외박하고 다녀? 머리에 피도 안 마른 게! 너까지 막 나갈거야? 말 좀 해봐!"

"아 됐어! 내가 갈 데가 어딨어…게임했지…괜히 그래…씨!"

규현이는 귀찮다는 듯 제 방으로 들어가 침대에 몸을 던졌다.

밤새 불편한 의자에서 고생한 탓인지 온몸이 찌뿌둥하고 피곤이 몰려왔다.

얼마나 잠을 잤는지 부스스 눈을 뜬 규현이는 물을 마시기 위해 주방으로 갔다. 그때 거실 화장실에서 요란한 소리가 들려왔다. 그것은 어머니가 변기에 구토하는 소리였다.

"우-웩, 웩! 아이고…죽겠네…우웩!캑캑…아이고 머리야…아이고 속 쓰려…으…흐흑…우웩!"

"아유, 엄마 그러니까 술 좀 그만 드세요! 원래 못 드시는 분이 왜 그렇게 날마다 그렇게 드세요? 아유 속상해…죽겠네…"

누나가 어머니의 등을 두드려주며 이렇게 말하는 소리가 들려왔다.

결혼 후 전업주부로서 남편과 두 아이를 키우며 평범하게 살던 규현이 남매의 어머니는 이젠 알코올 중독자처럼 거의 매일 술에 취해 지내고 있었다. 그뿐 아니라 춤바람이 나서 시간만 나면 밖으로 돌다가 만취상태로 돌아오곤 했다. 어느새 어머니는 자신이 누구인지조차 생각하지 못하는 것처럼 보였다. 어머니가 그런 모습을 보이니 규현이 남매도 마음이 불안정한 것은 사실이었다.

어머니가 이상해진 것은 규현이가 중학교 1학년 때부터였다. 규현이가 어릴 때부터 아버지는 얼굴을 제대로 본적이 없을 만큼 날마다 열심히 일만 하셨다. 작은 사업체를 운영하다보니 늘

청소년을 위한 사랑의 기술

시간이 부족한 아버지는 집에 들어오는 시간까지 아껴가며 가족들을 위해 바쁘게 일했다. 그러던 어느 날 아버지가 다른 여자와 살림을 차렸다는 사실을 어머니가 뒤늦게 알게 되었다. 더구나 그 여자가 자신의 동창생이라는 사실은 어머니에겐 큰 충격이었다. 집에도 종종 드나들던 친구가 남편과 딴 살림을 차렸다는 것을 안 어머니는 분노와 배신감에 치를 떨었다. 그 후로 어머니는 모든 일에 흥미를 잃고 넋을 잃은 듯 밖으로만 나돌기 시작했던 것이다. 규현이와 누나는 그 사실을 얼마 전에야 알게 되었고 어머니를 이해하기 위해 노력했다. 하지만 이해하려 노력하면서도 다른 한편으로는 자꾸 밖으로만 돌게 되는 것이 규현이 마음이었다.

"우리도 이렇게 기가 막힌데 엄마는 그동안 어떠셨겠니…우리가 이해해드리자…그러니까 우리는 정신 차리고 할 일 열심히 하는 거야! 누구라도 그런 충격적인 일을 겪으면 괴롭고 혼란스러울 거야…"

누나라고는 해도 아직 어린 나이인데도 그렇게 의젓하게 동생을 챙겨주며 엇나가지 않도록 다잡아주려 애쓰곤 했다. 규현이도 믿었던 아버지의 돌변에 받은 충격이 너무나 커서 어머니의 변화는 큰 문제로 생각되지도 않았다. 그러나 시간이 흘러도 다시 예전처럼 '좋은 엄마'의 모습은 찾을 수 없을 만큼 변해만 가는 것을 보며 어머니에게도 점차 실망하지 않을 수 없었다.

"내가 부모가 없는 것도 아닌데…아버지는 아예 집을 나갔는지 볼 수도 없고…엄마는 그런 핑계로 술이나 마시고 춤이나 추러 다니고…자식들을 부모 없는 자식처럼 나 몰라라 하고…언제까지 그럴 건데…이젠 지겹다…두 사람 다 무책임해!"

어머니와 누나가 함께 있는 욕실 앞에 서서 규현이는 그동안 참아왔던 이야기를 쏟아냈다.

"엄마도 뭔가 잘못한 게 있으니까 아빠가 집을 나가고 다른 여자를 만난 거 아냐? 그리고 그런 아빠가 도저히 싫어서 못살겠으면 이혼을 하면 될 거 아니야?! 왜 이혼도 하지 않으면서 알콜 중독자처럼 술에 빠져서 정신을 못 차리고 자식들은 내팽개치고 그러는 거야! 아빠도 나쁘지만 엄만 더 나빠! 이젠 지긋지긋해! 뭘 보고 배우란 말이야! 더 이상 참을 수가 없어, 집을 나가버릴 거야!"

그때 간신히 구토를 끝낸 어머니의 눈에서는 굵은 눈물이 흐르고 있었다.

가화만사성(家和萬事成)이란 옛말은 가정의 중요성을 이야기한다. 가정이 화목해야 모든 일이 잘 이루어진다고 이해하면 될 것이다. 가정은 사회의 기본단위이다. 가정 안에서 서로 이해하고 의지하며 조화를 이루는 가족 구성원, 즉 부모와 자녀들은 밖에 나가서도 자신의 자리에서 맡은 바 역할을 제대로 해낼 수 있는 것이다. 그러므로 남녀가 만나 가정을 이루는 일은 인륜지대사

청소년을 위한 사랑의 기술

(人倫之大事)로 일컬어진다.

올바른 아버지, 어머니의 모습은 그대로 자녀들의 모범이 되어 닮고 싶은 존재가 된다. 그러나 그렇지 못할 경우 가정은 위기를 맞고 심지어는 파탄이 나기도 한다. 바쁘게 돌아가는 현대 사회 속에서 부모도 자녀들도 제 할 일에만 몰두하다보면 가족 간의 대화는 물론 진정한 가족으로서의 정서적 소통이 부족해진다. 그 결과, 한 집에 살지만 남처럼 어색한 사이가 되거나 심지어는 남보다 못한 사이가 되는 극단적인 경우도 있다.

위의 이야기에서 규현이네 가정은 어떤가. 가족을 위해 밤낮없이 바쁘게 일하느라 가족들과의 만남이 부족해지고 소통이 끊긴 아버지는 결국 잘못된 선택을 하고 말았다. 아버지는 가족을 위해 자신을 희생하였으나 결과는 엉뚱한 쪽으로 흘러버렸다. 어머니는 어떤가. 어머니 역시 자녀들을 키우며 열심히 살아왔으나 동창생에게 믿었던 남편을 빼앗기는 처지가 되고 말았다. 그로인해 어머니는 세상이 끝난 것처럼 괴로워하며 술에 빠지고 방황하게 되었다. 부모가 제 위치에서 제 역할을 하지 못할 때, 그들을 바라보는 어린 자녀들은 무엇을 느끼게 될까. 자녀들에게 부모는 그대로 배워야할 거울과 같은 존재임에도 규현이와 누나는 더 이상 보고 배울 부모가 없다. 부모는 자신들의 입장만 내세우며 제멋대로 가정을 방기하였다. 그들을 보는 자녀들은 또한 어떤 상태일까.

아직 자신에 대한 정체성이 확립되지 못한 청소년기의 자녀들은 부모의 그런 모습을 보며 매우 큰 혼란에 빠져들 수밖에 없다. 아내를 배신한 아버지, 그런 남편에게 배신당한 충격으로 가정을 포기하고 밖으로 나도는 어머니… 규현이와 누나가 아직까지 더 나쁜 길로 빠지지 않은 것은 그야말로 불행 중 다행이라고 해야 할 것이다. 가정이 화목하지 않으면 어른들도 그토록 방황하는데 어린 자녀들의 경우는 더욱 큰 폭풍우를 겪을 수 있기 때문이다.

어머니의 방황이 아버지의 외도로 인한 것임을 알고 규현이는 아버지를 미워하는 한편 어머니를 이해하려 노력해왔다. 그러나 어머니의 방황이 길어지자 규현이는 갈 곳 잃은 뗏목처럼 망망대해를 헤매는 심정이 되었다. 누구에게도 의지할 수 없는 가정은 이미 안식처가 되지 못한다. 그렇게 좀 더 시간이 흐른다면 규현이는 정말 영영 돌이킬 수 없는 먼 바다로 떠밀려 갈지도 모른다.

이제 규현이가 처한 상황에서 어떻게 지혜롭게 문제를 풀어야 할지 생각해보자.

먼저 아버지의 입장을 생각해보자. 아버지는 가족들과 함께 보다 잘 살기 위해 열심히 일했다. 가족들을 놀라게 한 외도는 분명히 잘못된 선택이었으나 근본적으로는 헌신적인 사람이다. 그런 점을 인정한다면 규현이를 비롯한 가족은 아버지와 진정

청소년을 위한 사랑의 기술

성 있는 대화의 시간을 가져보는 노력이 필요하다. 집에는 오지 않으면서도 생활비를 보내온다면 아버지는 완전히 가족을 떠나지 않았고 어쩌면 그럴 마음까지는 없는지도 모른다. 그렇다면 충분히 시간을 가지고 이야기를 나눈다면 보다 긍정적인 결과를 구할 수 있지 않을까.

또한 믿었던 남편에 대한 배신감과 절망감이 너무 커서 몇 년이 지나도록 마음을 잡지 못하고 있는 어머니의 경우에도 규현이와 누나가 함께 진지하게 자신들의 바람을 이야기하는 것은 어떨까. 어머니는 자녀가 있기에 세상을 살 힘을 얻는 존재이다. 자신의 삶의 원동력이기도 한 자녀들이 간곡하게 진심을 전해온다면 어머니 또한 오랜 방황에서 반드시 돌아올 것이다.

이 모든 일에 사실은 부모가 먼저 나서서 자신들의 가정을 지키려는 노력을 해야겠지만, 소중한 부모님과 안식처를 잃고 싶지 않다면 규현이 남매가 절실한 심정으로 먼저 나서는 용기도 필요하다. 부모와 자녀 사이는 '천륜(天倫)'이라는 말로 대변한다. 부부가 되는 것은 사람이 맺어주는 인연(즉, 인륜:人倫)이나, 누군가의 자녀가 되는 것은 하늘만이 맺어줄 수 있다는(천륜:天倫) 의미이다. 그래서 천륜은 끊을 수 없다고도 한다.

부모님의 잘못만 생각하고 그것을 결코 용서할 수 없다고 다짐하기보다, 그럴 수밖에 없었던 사정이 있었으리라 이해하려는 노력도 필요하다. 물론 그것은 쉽지 않을 것이다. 그럼에도 화목한 가정은 누구 한 사람의 노력만으로 되지 않는 사실을 기억하고 함께 힘을 모아야 한다. 어리다고만 생각해왔던 아들, 딸이 먼저 손을 내밀고 진정한 화해를 청한다면 부모도 정말 자신이 있어야할 자리, 지켜야 할 것이 무엇인지를 깨닫게 될 것이다. 이 과정들은 가족 모두에게 쉬운 일은 아니다. 그럼에도 우리가 지켜야 할 것이 무엇인지 기억한다면 노력할 수 있지 않을까.

가정의 화목이 깨졌다고, 어머니 아버지가 나를 버렸다고 해서 이제까지와 정반대의 길로 달려가는 것은 쉽다. 그러나 그 길은 결코 예전으로 돌아갈 수 없는 길이다. 누군가를 비난하며 자신의 삶을 내던지기보다 작은 노력일지언정 먼저 화해의 손을 내밀어 보자. 누구든 먼저 손을 내밀어주길 기다려보았듯 상대방도 먼저 내미는 나의 손길을 기다리고 있을지도 모르니까. 진정이 담긴 손길은 나이에 상관없으니까.

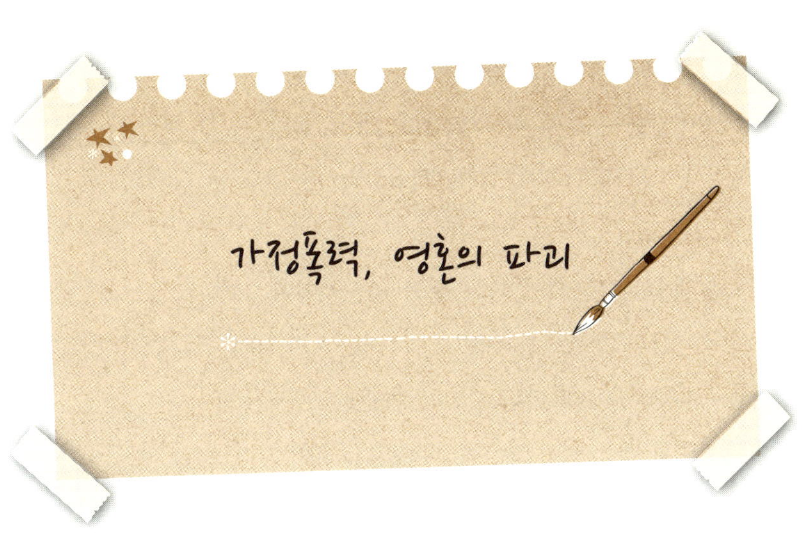

"너 이 새끼 이리 안 와!? 피한다 이거지?"

거친 욕설과 함께 먹는 물이 절반쯤 들어있는 플라스틱 병이 날아들었다. 벽에 부딪혀 쏟아지는 물을 맞으며 혜정이와 민석이 남매는 공포에 떨었다. 곧이어 물에 젖은 고무장갑을 낀 손으로 쫓아와 자매를 거칠게 손찌검하는 사람이 있다.

중학교 1학년 혜정이와 두 살 아래 민석이를 이렇듯 모질게 대하는 사람은 바로 1년 전부터 함께 살게 된 새어머니였다.

"잘 못했어요…안 그럴게요…안 그럴게요…"

밥을 먹다가 좀 남겼다는 이유로 따귀를 얻어맞은 민석이는 구석으로 도망가 파랗게 질린 얼굴로 울음을 터뜨리며 이렇게 애원했다. 민석이를 감싸 안은 혜정이도 온몸을 웅크린 채로 그저 참아야만 했다.

"거지같은 것들이 왜 이렇게 말을 안 들어? 엄마 말이 그렇게 우습니, 우스워?! 재수 없는 것들! 맞아야 정신을 차리지, 맞아야!"

새어머니는 분이 풀리지 않는 듯, 아이들 앞에 버티고 선 채로 오랫동안 화풀이를 해댔다. 그녀는 아이들을 때리는 것이 가정교육이고 훈육방법이라고 이야기했다.

혜정이 부모님은 5년 전 이혼했다. 아버지가 술만 마시면 어머니와 아이들을 심하게 때리고 구박했기 때문이었다. 아이들 때문에라도 참고 살고자 했던 어머니는 어느 날 두개골이 함몰될 만큼 중상을 입자 더 이상 버티지 못하고 집을 떠난 것이다. 그때 어머니는 아이들을 데려가려 했으나 형편이 여의치 않아 나중에 데리러 오겠다는 약속을 남겼다. 그로부터 몇 년, 어머니 없이 사는 동안 아버지의 술주정과 행패는 거의 보이지 않았다. 지난해에는 새어머니를 들이며 이렇게도 말했다.

"예전에 너희들 때리고 한 것…정말 미안하다…이젠 그럴 일 없을 것이고 너희들을 돌봐주실 새엄마도 오실 테니 앞으로는 잘 살아보자…일 때문에 자주 집을 비우니 새엄마가 더 잘 돌봐주실 거야…"

건축 현장 감독으로 일하는 아버지는 지방에서 공사가 시작되면 얼굴 보기가 힘들었다. 그럴 때마다 엄마도 없이 두 아이들만 집에 두는 것이 신경 쓰여 아이들을 돌봐줄 새엄마를 들이는 것

청소년을 위한 사랑의 기술

으로 한시름을 덜어보려 했던 것이다. 아이들도 처음에는 친절한 새어머니가 고맙고 좋았다. 그러나 그 친절은 그리 오래가지 않았다. 아버지가 거의 집에 없다보니 집안의 주인은 어느새 새어머니가 되어, 이유 없는 잔소리를 퍼부어 대기 시작하더니 급기야 거침없는 손찌검으로까지 이어졌다.

"학교 갔다 오면 니 빨래는 니가 하라고 했어 안 했어? 너희들 위해서 그런 것도 가르치는 거야."

학교 다니고 공부만 하기에도 바쁜 아이들에게 스스로 옷을 빨아 입으라고 시킬 뿐 아니라 틈나는 대로 집안 청소를 시키고 설거지며 온갖 심부름으로 잠시도 쉴 틈을 주지 않았다. 그러면서도 밥은 저녁에 한 끼만 주는데 반찬이라고는 김치 몇 조각이 전부였다. 차라리 아버지와 살 때는 달걀프라이라도 마음대로 해먹을 수 있었지만, 그런 자유는 꿈도 꿀 수 없었다. 당혹스러운 환경의 변화에 아이들도 처음엔 반항을 하기도 했으나 말도 안 되는 손찌검이 답으로 돌아올 뿐, 그렇게 시작된 폭행과 구박은 1년째 이어졌으나 아버지에게 알리는 것은 상상도 할 수 없었다. 한 달에 서너 번 정도 얼굴을 보는데 그런 하소연을 할 시간이 부족할 뿐 아니라 아버지의 휴대전화 번호도 알 수 없게 되었던 것이다. 그것도 새어머니가 부녀간의 대화를 막기 위해 취한 악의적이고 의도적인 조치였다.

"혜정이 민석이 잘 있었지? 엄마가 잘 챙겨주시지? 엊그제는 놀이공원에도 갔다 왔다며? 좋았겠네, 아빠도 없이 갔는데 재밌었냐?"

오랜만에 귀가한 아버지는 생뚱맞게 이런 소리를 하며 흐뭇한 얼굴로 아이들을 바라보았다.

"네…?…놀이공원이요…? 아…"

"응? 놀이공원? 우리는…"

혜정이와 민석이가 어리둥절한 듯 머뭇거리자 곁에 있던 새어머니가 아이들을 흘겨보며 재빨리 입을 막았다.

"그럼요! 애들이 얼마나 좋아했는데…그날 돈 많이 썼어요… 한 30만원 썼나? 놀이기구 타는 걸 얼마나 좋아하는지…! 호호호…맛있는 것도 많이 먹고, 그치 애들아~?"

그러자 아이들은 얼음처럼 굳어버린 채 더 이상 아무 말도 할 수 없었다.

"그래? 잘했네! 사이좋게 잘 살아주니 정말 고맙다 모두들!"

사정을 알 리 없는 아버지는 안심한 듯 고개를 끄덕였다.

아버지가 짧은 휴일을 보내고 일터로 돌아가면 아이들에게는 또다시 지옥문이 열렸다.

"니네 아빠 앞에서 입 조심해! 어디서 수작이야, 수작이! 오늘은 저녁 밥 없으니까 굶고 그냥 자빠져 자!"

다음날 학교에서 돌아온 민석이는 배가 고파서 냉장고를 열어보았다. 서랍 칸을 열자 메모지같은 크기의 치즈 수십 장이 들어

눈에 띄었다. 순간, 기쁘긴 했지만 민석이는 잠시 걱정을 하지 않을 수 없었다.

'어..이거 못 보던 건데…새엄마 건가…하나만 먹으면 안 될까…많이 있으니까 하나쯤 먹어도 모르겠지…그러다 걸리면…어떡하지…'

이런 걱정속에서도 아직 어린 민석이로서는 눈앞의 먹을 것을 그냥 포기할 수 없어서 살며시 치즈 한 장을 꺼내어 이불속으로 들어가 허겁지겁 뜯어먹었다. 그대로 잠이 든 민석이가 눈을 뜬 것은 갑자기 눈부신 빛과 함께 날아든 몽둥이세례 때문이었다.

"이 도둑놈의 새끼 당장 일어나! 누가 냉장고 뒤지라 그랬어?! 누가! 이 나쁜 새끼 쥐새끼 같은 놈! 도둑질 하는 못된 버릇을 고쳐놓고 말거야!"

몹시 흥분한 새어머니가 민석이 바지를 벗기고 빗자루로 사정없이 내리치며 욕설을 퍼부었다. 민석이는 잠결에 꿈인지 생시인지 분간도 못한 채로 여린 엉덩이에서 피가 날 때까지 매질을 당했다. 민석이는 더 이상 울음소리를 토해내지도 못하고 있었다. 뒤늦게 집으로 돌아온 누나 혜정이가 사정하며 매달려보았지만 소용없었다.

"네년도 마찬가지야! 이 도둑년! 니가 시켰지? 왜 남의 물건에 손을 대! 싸가지 없는 것들, 먹이고 입히고 학교 보내주는데 뭐가 부족해서 도둑질이야!"

새어머니는 혜정이에게도 똑같이 폭행을 가했다. 빗자루 몽둥이가 시원치 않은 듯 나중에는 손바닥과 주먹, 발길질까지 더해졌다. 간식이 필요했던 아이가 냉장고에서 치즈 한 장을 꺼내 먹은 대가는 너무나 가혹했다. 몇 시간 후 새어머니 스스로 나가떨어질 정도가 되어서야 겨우 정신을 차린 두 아이는 만신창이가 되어있었다.

"누나…우리 도망가자…무서워…진짜 엄마한테 갈래…"

이렇게 말하며 흐느끼는 민석이를 끌어안으며 혜정이는 서러운 눈물을 흘렸다.

가정은 삶의 안식처이며 부모는 자녀의 잘못도 모두 끌어안아 감싸주려는 무한한 애정을 지닌 존재이다. 그러나 우리 사회에서 심심찮게 들려오는 소식들은 적잖은 충격을 주곤 한다. 부모가 최소한의 방어력도 없는 어린 자녀를 폭행하거나 방치하고 학대하는 것은 물론 죽음에 이르도록 만드는 경우도 있기 때문이다. 이런 문제들은 불완전하고 안정적이지 못한 가정에서 빈번하게 발생한다. 폭력적인 가정은 대체로 부부간의 갈등에서 비롯된다. 주로 남편이 음주 후 아내를 비롯한 가족에게 폭력과 폭언을 일삼는 것이다. 아내는 자녀들 때문에 남편의 이유 없는 폭력을 견디지만 한계점에 이르면 또 다른 문제를 겪게 된다. 가출이나 이혼 혹은 극단적으로는 사망사고가 일어나기도 한다. 그런 가정의 자녀들이 폭력에 길들여지며 성장한 뒤에는 마찬

청소년을 위한 사랑의 기술

가지로 폭력적인 부모가 될 위험이 매우 높아진다. 친부모에 의한 가정폭력도 문제지만 새어머니나 새아버지에 의한 폭행도 위험하기는 마찬가지이다. 남의 자녀를 친자식처럼 키우며 살기란 결심만큼 쉬운 일이 아님을 짐작할 수 있지만, 실제로 알려지는 새 부모에 의한 폭행 학대 사건을 보면 매우 극단적인 결과까지 가는 경우가 종종 있다. 물론 모든 재혼가정에서 이런 문제가 발생하는것은 아니다.

그러므로 이 에피소드는 좀 더 극단적인 사례 중 하나일 뿐, 모든 재혼가정에 일반화 시키는 오류는 경계해야 한다. 혜정이 민석이 남매는 부모가 이혼한 가정의 자녀들이다. 이혼하기 전에는 아버지가 아내와 아이들을 폭행하는 존재였다. 아이들을 생각해 참고 살았던 어머니는 생명의 위협을 느낄 만큼 중대한 폭행을 당한 뒤 이혼을 선택했다. 그 후 아버지에게 남겨진 아이들은 새어머니와 함께 살게 되었다. 다행히도 이혼 후 아이들에 대하여 폭행을 그만둔 아버지는 자신이 제대로 돌보지 못하는 아이들을 생각하여 새어머니를 맞아들였다. 아버지가 보기에는 자녀들에게 좋은 엄마가 되리라는 생각에 그런 결심을 하였으나 실상은 그렇지 못하다는 것이 문제의 발단이었다.

새어머니도 어쩌면 처음에는 좋은 마음으로 혜정이 남매의 엄마가 되려했을 것이다. 그러나 막상 함께 살아보니 마음만큼 쉽지 않은 일이 남의 아이들을 키우는 일이었으리라. 아직 사춘기인 아이들도 자기 마음에 쏙 들지는 않을 테니까… 하루하루 참고 이해하였으나 어느덧 더 이상 참지 못하고 아이들에게 폭행과 폭언을 시작하고 일상이 되어버렸다. 남편이 매일 집에 온다면 그나마 횟수나 강도가 덜 할 수도 있겠지만 한 달에 서너 번 얼굴을 보게 되는 상황에서는 아이들의 구원군은 없다고 볼 수 있다.

그러나 어떤 잘못을 했어도 사람을 때리는 처벌은 용납될 수 없다. 부부간의 폭행도 마찬가지지만 약하고 힘없는 아이들을 신체적 정서적으로 제압하기 위해 저질러지는 폭행과 폭언은 결코 어떤 경우에도 용인될 수 없다. 하루하루 아버지가 부재한 공간에서 되풀이 되는 폭력에 아이들은 길들여지게 된다.

폭력에 길들여지는 것이 무서운 이유는 자존감이 낮아지고 심리적으로 정서불안상태에 놓이며, 맞설 힘이 없는 아이들의 가슴속에 분노가 쌓이며 죄책감과 심각한 우울증, 대인기피증은 물론 타인의 아픔에 대한 무감각과 폭력에 대해 왜곡된 신념을 갖게 된다는데 있다.

이제 혜정이와 민석이는 어떻게 새어머니의 폭력에서 벗어나야 할까.

새어머니는 아이들을 때리고 구박하면서 '훈육'이라고 이야기한다. 새어머니 자체가 어릴 때 가정폭력을 경험한 피해자였을 가능성이 있다. 그녀 역시 누군가에 의해 '맞아야 나쁜 버릇을

청소년을 위한 사랑의 기술

고친다'는 소리를 들으며 폭력적으로 양육되었다면, 그녀에게 익숙한 그대로 삶의 방식이 된 것이다.

우선 남매는 새어머니에게 당하는 폭력에 대하여 아버지와 학교에 적극적으로 알려야 할 것이다. 아버지의 연락처가 바뀌었다 해도 좀 더 적극적으로 방법을 찾아야 한다. 아버지는 새어머니를 믿기에 자녀들로부터 그런 사실을 전해 들어도 쉽게 믿지 않으려 할 수도 있다. 어쩌면 그로 인해 더 큰 보복폭행이 올 수도 있다는 두려움 때문에 남매는 그렇게 하지 못하는 것일 수도 있다. 그러나 진실은 반드시 밝혀진다는 믿음을 버리지 말아야한다. 학교나 가정폭력예방센터, 동네 어른에게라도 자신들의 상황을 적극적으로 알리는 용기와 노력이 필요하다.

만약 보복폭행이 반복되어 혜정이 남매가 그대로 주저앉아 새어머니의 폭력에 스스로를 그냥 방치해버린다면 어떤 결과가 기다릴지에 대해 생각해보자. 폭력에 길들여진 남매는 분노와 함께 '나중에 커서 보자'는 식의 보복 심리를 갖게 된다. 지금 당장은 힘이 약해서 저항할 수도 맞설 수도 없지만 힘이 생기면 그때는 그대로 갚아주겠다는 다짐을 할 것이다. 그것은 실제로 끔찍한 결과로 이어질 수 있다. 그러므로 지금 당장 쉽지 않더라도 주위 다른 어른들에게 적극적으로 S.O.S를 요청해야 한다. 그리하여 끝내 새로 이룬 가정마저 깨어진다 해도 그것은 겉으로만 화목해 보이는 폭력의 도가니보다는 훨씬 나은 결과라고 할 수 있다.

어린 시절의 경험들은 중요한 정신적 신체적 자산이 된다. 성장기에는 신체만이 성장하는 것이 아니고 수많은 배움과 경험들을 통해 정신적으로도 성장하게 되는 것이다. 그때의 배움과 경험들은 성인이 되었을 때의 행동양식과 사고방식의 토대가 되므로 매우 중요하다. 어릴 때 어려운 이들을 돕는 부모를 본 사람과 남의 것을 빼앗는 것을 보며 자란 사람은 성인이 되었을 때 분명히 다른 가치관을 갖게 된다.

폭력에 항복하지 말자. 아버지도 어머니도 그 누구도 자녀를 학대하고 함부로 다루어도 되는 사람도 이유도 없다. 지금 아무도 모르게 집안에서 조용한 폭력으로 고통 받고 있다면 두려워하지 말고 주위에 알리도록 하자. 이웃어른, 학교, 경찰서, 폭력예방기관 혹은 가까운 친구에게라도 알려서 함께 해결방법을 찾도록 노력하자!

폭력은 인간의 영혼을 파괴하는 행위이며 새로운 폭력의 씨앗을 뿌리는 최악의 행위임을 잊지 말자.

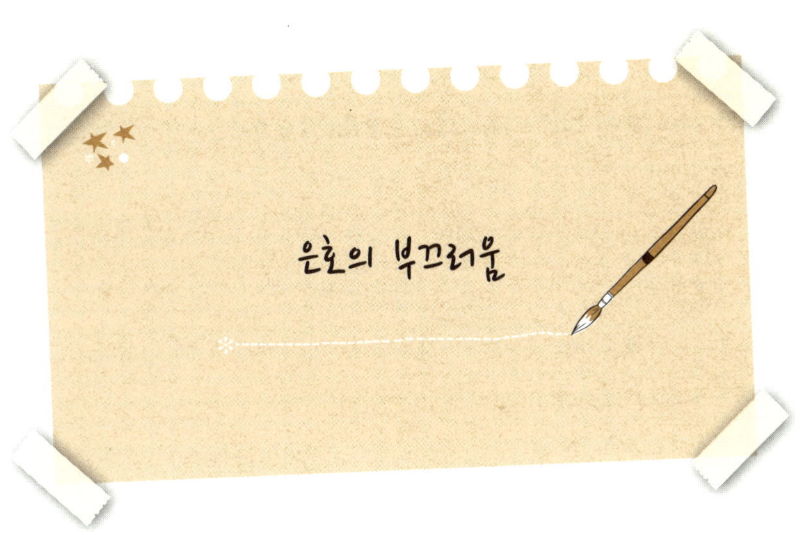

○고등학교는 고3 학생을 대상으로 주 3일 정도 야간자율학습을 실시하고 있었다.

밤 10시, 야간 자율학습이 끝나는 종이 울렸다.

그와 함께 3학년 교실들마다 일제히 부산한 소리들이 새어나왔다.

"으아~ 벌써 10시구나! 오늘도 잘 잤네…히히"

"어휴 언제 집에 가냐…이 짓을 꼬박 수능 때까지 해야 되는 거냐…"

아이들은 바쁘게 가방을 꾸리면서도 저마다 한소리씩 해대고 있었다.

"그래도 부모님이 데리러 와주시니까 그건 좋다!"

지겨워하면서도 집으로 향하는 마음은 가볍기만 했다.

그러나 교문 밖으로 나오는 은호의 발걸음은 그리 경쾌하지 않았다.

'아…또…나오셨을까…제발 데리러 오지 말라고 그렇게 말했는데!'

교문 밖에는 밤늦은 시각 자녀들을 데려가기 위해 마중 나온 부모들의 승용차들이 줄지어 서있었다.

"야, 나 먼저 간다! 너희 부모님도 오셨지? 잘가라~"

은호 친구 성진이가 부모님의 흰색 고급 승용차를 발견하고는 이렇게 작별인사를 건넸다.

"으응…먼저 가…저쪽에 계실거야…잘 가, 낼 보자!"

은호는 성진에게 이렇게 대꾸하며 주위를 두리번거렸다. 교문 앞은 쏟아져 나온 아이들과 그 부모들이 타고 온 승용차들이 뒤엉켜 매우 혼잡했다. 그 속에서 잠시 망설이던 은호는 얼른 버스 정류장 쪽으로 향했다. 몇 걸음 떼었을 때 뒤에서 어떤 소리가 들려왔다.

"은호야~! 은호야! 같이 가자~~애, 은호야!"

자신을 애타게 부르는 이 목소리는 북적거리는 교문 앞 소음 속에서도 크고 선명하게 들려왔다. 그러나 은호는 뒤돌아보지도 않은 채 손만 들어보이고는 더욱 바쁘게 걸어갔다. 교문 앞에서 30여 미터 떨어진 버스 정류장에 도착해 슬쩍 돌아보니 작고 가냘픈 그림자가 따라오고 있었다.

청소년을 위한 사랑의 기술

"애는…좀 천천히 걸어가지…남자애라 그런지 걸음도 성큼 성큼하니..이젠 따라잡는 것도 쉽지 않네?"

"아~~엄마…밤도 늦었는데 왜 자꾸 오고 그래요? 나 혼자 버스타고 가면 되는데…신경 쓰이게!"

은호는 짜증스러운 듯 이렇게 내뱉었다.

"밤이 늦었으니까 데리러 오는 거지…! 다른 애들도 다 엄마 아빠가 데리러 오는데 너만 안 나오면 서운할거 아냐…? 엄마 걱정하는 거냐? 난 괜찮아! 울 아들이랑 같이 돌아갈 생각하면 하나도 안 힘들어!"

어머니는 은호에게 이렇게 말하며 살갑게 팔짱을 끼었다. 그러나 은호는 귀찮다는 듯 거칠게 팔을 빼고 이어폰으로 음악을 듣기 시작했다.

한참동안 기다려 버스를 타고 집에 돌아온 은호는 집에 들어서자마자 가방을 팽개치며 이렇게 말했다.

"엄마가 나 데리러 오는 거 싫다고요! 나 혼자 온다고! 다른 애들은 부모님이 차로 데려가니까 편하게 가지만, 우리는 걷든지 버스를 타야 되잖아…그냥 나 혼자 빨리 뛰어가도 되는데 엄마 때문에 버스 기다렸다가 타야 되니까 더 늦잖아! 오지 말라고! 내일부터는! 에이 씨-!"

어머니는 은호의 말에 서운한 생각과 동시에 미안함에 목이 메었다.

“그래…내가 운전을 못하니까…진작 배워뒀으면 아빠 똥차라
도 끌고 갈 텐데…그렇구나…그래도 늦은 밤에 학교에서 종일
공부하고 오는데…그냥 집에서 기다리기 뭐해서…”

은호는 내친김에 쐐기를 박듯 한마디 덧붙이고 말았다.

“쳇, 그 똥차는 태워준대도 싫어요! 그리고 하루 종일 고생하
는 사람이 나야? 엄마는? 엄마는 새벽부터 하루 종일 힘들게 일
하잖아?! 일 년 내내…허리도 안 좋은데 참아가며 일하면 저녁
에는 좀 쉬시라고요! 에잇.”

현재 은호네 집은 어머니가 가장이다. 몇 개월 전부터 새벽에
는 우유배달을 하시고 낮부터 해질 때까지는 근처 시장입구에서
붕어빵 장사를 하고 있었다. 1평도 안될 만큼 좁은 건물 틈새의
비바람만 막을 수 있을 정도의 공간에서 열심히 붕어빵을 찍어
내고 있었다. 건설현장의 전기기술자인 아버지는 지난해 뜻밖의
추락 사고를 당하는 바람에 집에서 쉬고 있었다. 고압전류에 감
전되어 높은곳에서 떨어진탓에 한쪽 다리의 인대가 끊어져 대수
술과 재활기간이 필요했던 것이다. 또한 사고 보상금이 나와서
당장 굶을 정도도 아니었지만 원래 풍족한 형편이 아니었기에
어머니가 팔을 걷어붙이고 생활전선에 나서야 했다. 대학교 2학
년 은호의 형도 아버지 사고 뒤 휴학을 하고 스스로 군대에 가
있는 상태였다.

이러한 집안 형편을 너무나 잘 알고 있었지만 은호의 생각과

청소년을 위한 사랑의 기술

행동은 따로 따로 였다. 넉넉하지는 않더라도 아버지가 집안 경제를 책임질 때는 특별한 불만이 없었으며 기술계통 학과로 대학을 진학할 생각도 갖고 있었다. 그러나 갑자기 악화된 가정형편이 은호로서는 적잖은 스트레스가 되었다. 생명에 지장은 없으니 천만다행이지만 그로인해 1년이 넘도록 아무것도 하지 못하고 있는 아버지를 보면 답답하고 우울했다.

자리에 누운 가장을 대신해 경제 활동에 나선 어머니의 절실함도 모르는 바는 아니었지만 한편으로는 원망스러운 것도 사실이었다.

"하고 많은 것 중에 하필 붕어빵 장사가 뭐야…누가 볼까봐 창피해 죽겠네!"

어머니가 붕어빵장사를 시작한다고 하자 은호는 깜짝 놀라며 이렇게 말했다.

"그게 뭐 어떠니? 가만 보니까 시장 입구, 그 자리가 아주 좋더라! 사람들이 장보러 오며가며 한 봉지씩만 사먹어도 하루에 얼마나 쏠쏠한데?! 보기 좋은 다른 일은 밑천이 많이 들어서…아버지 복직하실 때까지 만인데 창피하긴 뭐가 창피하니…"

아버지는 현재의 상황이 자기 탓인 것만 같아 몹시 괴로워했다.

"내가 조금만 더 조심했더라면…너희들 볼 면목이 없다…"

'자존심 강하신 분인데…어머니라고 왜 창피한 걸 모르겠어…동네 친구 분들이 오며가며 다 볼 텐데…아버지는…그동안 돈이

잃어버린 안식처

라도 좀 많이 벌어놓을 것이지 벌어놓은 것도 없이 덜컥 사고를 당하면 가족들은 어쩌라는 거야! 어휴, 무능해서 그렇지…속상해…하지만…사고를 당하고 싶어서 그리 된 것도 아니지만…난 왜 이렇게 한심하게 구는 거지…그러지 말자…그러지 말자…'

야자 후 집으로 돌아와 화풀이를 해댄 은호는 이불속에 처박혀 이렇게 푸념과 후회를 되풀이하곤 했다. 그러나 다시 야간 자율학습시간이 다가오고 끝날 시간이 되고, 집으로 돌아갈 무렵이면 늘 가슴이 답답해지는 것을 스스로도 어찌할 수가 없었다. 제발 데리러 오시지 말라고 몇 번을 이야기했어도 어머니는 이 후로도 날마다 교문 앞에서 자신을 기다렸으며, 어떤 날, 교실 한쪽에서 '시장입구 붕어빵 가게에서 은호네 엄마를 본 것 같다'며 수군대는 소리가 들릴 때면 뒤통수마저 화끈거리는 것은 어쩔 수가 없었다.

성인이 되어 자신의 어린 시절을 돌아보면 다르겠지만 아직 청소년기에는 선뜻 이해되지 않는 일들이 있다. 어째서 나의 아버지는 번듯한 대기업의 간부가 아니라 노동자일까, 기술자일까, 다른 집은 자가용을 굴리는데 어째서 우리 집에는 그 흔한 승용차 하나 없는 걸까, 왜 어머니는 하필이면 노점상을 하시는 걸까, 차라리 슈퍼마켓을 하면 얼마나 좋을까…그것은 나와 주변의 다른 사람을 비교하는데서 오는 불평이 아닐까. 이왕이면 좀 더 번듯한 직장을 원하고 가능하다면 돈을 더 많이 버는 일을

청소년을 위한 사랑의 기술

하고 싶은 것이 많은 이들의 보편적인 희망사항일 것이다. 그러나 사람마다 가정마다 제각각 처한 현실과 가능한 상황이 다르기 때문에 최종적인 선택의 결과는 다르게 마련이다. 그렇다면 돈이 많고 부유하면 그렇지 않은 사람에 비해 반드시 행복할까. 가난하다고 해서 모두 불행하기만 할까.

꼭 그렇지 않다는 것을 우리는 이미 책을 통해, 미디어를 통해 혹은 스스로의 경험을 통해 잘 알고 있다. 결국 자신의 불행과 행복은 타인과의 비교에서 비롯된다는 것을.

위의 이야기 속 주인공 은호도 현재 그리 행복해 보이지는 않는다. 사고를 당해 1년 넘게 집에만 있는 아버지를 볼 때면 답답하다. 불가항력적인 사고를 당한 것도 아버지의 무능 때문이라 생각된다. 아버지 대신 돈을 벌기 위해 붕어빵 장사를 하는 어머니 또한 자랑스럽지 않다. 번듯한 자가용도 없을뿐더러 운전도 할 줄 몰라 날마다 걸어서 자신을 마중 나오시는 어머니가 달갑지 않다. 자신이 처한 모든 상황이 도망치고 싶고 누가 알까 부끄러운 생각이 드는 것이다. 속상한 마음을 짜증스레 표현하긴 하지만 그러고 나면 곧 후회도 된다. 후회할 때면 부모님의 상황을 이해하고 받아들이려고 마음먹지만 그 또한 뜻대로 되지 않아 괴롭다.

은호의 이런 고민을 어떻게 해결해야 할지 생각해보자. 대체로 세계적인 위인들을 존경한다는 경우는 많지만 자신을 낳고 애지중지 길러주고 모든 것을 희생하며 훌륭한 사람이 되도록

잃어버린 안식처

무한한 지원을 해주는 부모를 존경한다는 경우는 흔치 않은 듯하다. 왜 그럴까. 아마도 자녀를 위해 모든 것을 바치는 부모의 사랑과 희생이 물이나 공기와 같기 때문일까. 그것이 없이는 우리가 세상에 존재할 수 없음에도 그 소중함을 미처 깊이 헤아리지 못하는 것처럼. 은호역시 이제까지 마음 놓고 공부하며 살아올 수 있었던 이유는 부모님의 사랑과 희생덕분이었다. 그럼에도 사람의 욕심은 끝이 없으니 좀 더 나은 환경을 바라게 마련이다. 아버지가 사고당하기 전까지는 큰 어려움을 느끼지 못했고 어머니가 생업전선에 나서기 전까지는 부끄럽게 생각되지도 않았을 것이다. 그러나 어느 순간부터, 은호의 눈에는 아버지 어머니의 모습이 불만족스럽다. 그래서 날마다 짜증이 나고 화가 나며 자신의 미래마저 불투명하게 생각되기도 한다. 이것은 부모의 책임일까.

그렇다면 부모님의 입장에서는 어떨까. 어떤 부모가 가장으로서 하루아침에 사고를 당해 자리에 눕게 되어서도 마음 편할 수 있을까. 아들이 뻔히 싫어하고 부끄러워할 줄 알면서도, 혹은 그 자신도 어쩌면 속으로는 참기 어려울 만큼 자존심 상하면서도 그렇게밖에 할 수 없는 어머니의 심정은 무엇일까. 그것은 모두 사랑하는 아들을 위한 마음이다. 남보다 더 잘해주고 싶은 마음이 그 누구보다 크지만 늘 충분치 못한 부모의 마음은 더 안타깝고 괴로울 것이다. 아들은 철없이 부모에게 화풀이라도 할 수

청소년을 위한 사랑의 기술

있지만 부모는 자식에게 투정을 부릴 수가 없다. 오히려 더욱 죄책감을 느끼고 비통할 뿐이다.

은호의 불행은 주위와의 비교에서 시작되었다. 비교를 할 수밖에 없는 것이 현실이겠지만 자신의 생각을 바꾸도록 노력해보는 노력이 필요하다. 만약 아버지의 사고가 그 정도로 그치지 않고 더 큰 상해를 입거나 돌아가셨더라면, 어머니가 책임감 있게 발 벗고 나서지 않고 오히려 가정을 팽개치고 가출이라도 했다면 은호네 가정은 어떻게 되었을까. 생각만 해도 끔찍한 일이 아닐 수 없다. '불행 중 다행'이라는 말처럼 더 나빠질 수도 있었을 텐데 그렇지 않으니 얼마나 다행인가!

정말 중요한 것은 건강과 화목이 아닐까. 눈에 보이는 것은 그리 중요한 것이 아니다. 부모님의 입장에 서서 은호 자신의 언행을 바라보는 시간을 가져본다면 무언가 깨닫는 것이 있을 것이다. 진정한 사랑은 눈에 보이지 않아서 헤아리기가 쉽지 않다. 겉으로만 번지르르하고 화목하지 않은 가정보다는, 자신을 그토록 사랑하고 아끼는 부모님이 함께 하는 시간의 소중함을 깨달을 수 있는 자기 성찰의 시간이 필요하다.

지금 은호처럼 가정적인 어려움으로 부모님과 갈등하고 자기 자신과 갈등하고 있다면 거울 속의 나를 들여다보듯 부모님의 마음을 찬찬히 헤아려보는 시간을 갖기를 바란다. 중요한 것은 눈에 보이지 않는다. 그것을 발견하고 공감하도록 노력해보자.

오늘로 298일째, 집 밖으로 나가지 않은지.

"우진아…일어났니? 밥 먹자~우진아!"

우진이는 두꺼운 커튼이 쳐진 창문사이로 희미한 빛이 새어 들어오는 것을 보고서야 아침이 되었다는 사실을 알았다.

'또 아침이냐…밥 먹으라 소리 좀 그만하셔~~으~~~지겨워'

컴퓨터 책상 앞 의자에 기대앉은 채 다시 하루를 지새운 것이다. 곧이어 가족들이 부산하게 모두 집을 나서면 우진이는 부스스한 얼굴로 혼자 주방으로 가 아무거나 먹을 것을 씹고 돌아올 것이다. 그 후 몽롱하고 긴 하루치 잠을 보충할 것이다.

잠을 자지 않고 밤새 컴퓨터를 하고 있어도 시간은 흘러 어김없이 아침이 오곤 했다. 바로 그게 우진이는 마음에 들지 않았다. 그때마다 아침을 먹으라는 어머니의 귀찮은 목소리를 들어야 하는 반복되는 일상…

지금 학교에 다니고 있다면 고등학교 1학년, 겨울방학을 앞두고 있을 우진이는 중학교 졸업과 동시에 제 방에 틀어박힌 채 세상과의 교신을 단절하기 시작했다. 갑작스런 아들의 행동에 부모님과 형제들은 처음엔 어리둥절할 수밖에 없었다.

"갑자기 학교를 안 가다니 무슨 소리야? 뭘 잘못 먹었나?"
대학생인 누나가 코웃음을 쳤다.

"우진아, 그게 무슨 소리야? 방에서 나오기라도 해서 엄마랑 얘기라도 제대로 하자, 응? 벌써 일주일째다!"
"저 녀석이 잠꼬대를 하는 거야 뭐야! 당장 이리 못 나오냐?!"
아버지는 어머니와 달리 언성부터 높이셨다.

가족들 모두 처음엔 긴가민가하며 그냥 투정을 부리는 정도로 여겨 어르고 달래고, 안되면 호통도 쳐보았다. 하지만 그럴수록 우진이는 방문을 더욱 단단히 걸어 잠그고 숨소리도 내지 않으려 했다.

하루하루가 지나고 한 달 두 달 시간이 흐를수록 가족들의 관심도 처음과 같지는 않아졌다. 맞벌이를 하는 부모님과 누나, 형도 학교와 직장에 다니느라 바빴기 때문이다.

"고1이면 다 컸어요. 자기 인생 자기가 알아서 사는 거지, 누가 일일이 코 닦아 주나요? 경쟁에서 밀리면 그 길로 끝이에요.

막내라고 엄마가 오냐오냐하며 키우셔서 저렇게 나약한 거라구
요!"

대기업에 다니는 형도 단호하게 말했다.

"우리 우진이가 얼마나 모범생이었니…전교 1등은 맡아 놓고
했지, 특목고에 예정대로 입학했으면 거기서도 지금쯤 휩쓸고
있을 텐데…그 학교에서도 우리 우진이 놓친 것 땜에 얼마나 아
쉬워하겠니…흑흑…아직 한창 공부할 나이에 쟤가 왜 갑자기 저
러는지 정말 알 수가 없다…"

아직도 막내아들을 포기할 수 없는 어머니는 가족이 모일 때
면 이렇게 속상한 심정을 털어놓곤 했다.

어머니 말대로 우진이는 어릴 때부터 영특해서 주위의 기대
를 한 몸에 받으며 자랐다. 스스로 승부욕도 강해서 뭐든지 1등
을 하지 않으면 안 될 만큼 매사 열심이었다. 고등학교도 영재들
만 모인다는 특수목적 고등학교에 당당히 합격했으며 성공적인
미래가 머지않아 보였다. 우진이는 모두의 희망이었고 스스로도
자부심이 컸다. 그런 아이가 중학교 졸업 후 느닷없이 방안에 칩
거를 시작하더니 영영 세상 밖으로 나올 생각을 까맣게 잊어버
린 것 같았다. 기대가 컸던 만큼 돌변해버린 아들이 어머니로서
는 도무지 이해가 되지 않았다.

그리고 우진이의 은둔이 시작된 지 300일 째, 아들을 더 이상
그냥 두고 볼 수만은 없다고 생각한 어머니가 마침내 외부기관

에 도움을 청했다. 그날, 오후 퇴근길에 어머니는 전문 상담가인 청소년신경정신과 전문의와 함께 귀가했다. 어머니의 이야기를 전해들은 상담가는 우진이와 직접 대화를 시도하여 문제점을 파악하고 해결책을 찾는데 도움을 주기로 했던 것이다.

"차우진 군…안에 있나요? 잠깐 얘기 좀 나눌 수 있을까요?"

전문의가 조심스레 방문을 노크했다.

"……"

그러나 한동안 방안에서는 인기척조차 느껴지지 않았다. 의사는 다시 방문을 두드렸다.

"나는 우진 군에게 도움을 주고 싶어서 왔어요…잠깐만…얼굴을 볼 수 없을까요?"

"아뇨! 없어요! 가세요!"

우진이는 강하게 거부했다. 그러나 그는 포기하지 않고 계속 이야기를 건넸다. 얼마나 시간이 흘렀을까…가족들이 숨죽여 지켜보는 가운데 방문이 살짝 열렸다. 의사는 조심스레 우진이 방으로 들어갔다. 그로부터 두 사람은 오랫동안 이야기를 나누었다.

"…열심히 해서 전교 일등을 해도 아버지는 나를 한 번도 칭찬해준 적이 없어요! 늘 그것밖에 못하냐고 하셨지, 그만하면 훌륭하다고 한 적이 없단 말이에요! …학교에서 남들보다 잘 하는 게 얼마나 힘든 일인데…그걸 몰라준다고요…재미없어요…"

"그게 다에요? 아버지가 인정해주지 않는 거…?"

"아뇨…아버지는 다른 아버지들처럼 내 얘기에 귀기울여주지 않았어요…내가 뭐가 힘든지 뭘 좋아하는지 아무것도 모르고 관심도 없어요…나는 있으나마나 한 자식이에요…이 세상에서 사라지고 싶었어요…내가 이렇게 방안에 처박혀 살아도 아버지는 한 번도 나를 부른 적이 없어요…죽어 없어져도 그런가보다 할 사람이에요…!"

우진이는 아버지를 좋아했으며 관심과 인정을 받고 싶었다. 그러나 아버지는 매우 권위적인 성품으로 인해 자녀들과 살가운 대화나 정다운 시간을 보낼 줄 몰랐다. 그렇다고 해서 아버지가 우진이를 사랑하지 않거나 관심이 없는 것은 아니었다. 다만 표현하지 못하고 내색하는 것을 어려워 할 뿐이었다. 막내아들 우진이는 가족 모두에게 그런 관심과 사랑, 칭찬 따위를 받고 싶어 했으나 아버지에게서 그런 감정의 좌절을 겪으며 스스로 존재가치를 잃어버린 듯했다.

이야기를 전해들은 아버지는 몹시 당황했다.

"나는…내가…그런 줄 몰랐어…자식들이 다들 큰 걱정 안 시키고 제 할 일을 똑똑하게 해내니까 그걸로 다행이라고만 여겼지…잘 한다고 칭찬을 해줘야 하는 건 줄도 몰랐고…내가 워낙 엄한 부모님 밑에서 자라서 그런가…내가 권위적인 줄도 몰랐네…그렇다고 세상에서 없어지고 싶어 했단 말인가…? 애비가 살인자가 될 뻔했구나! 어휴…"

아버지는 아들이 진정으로 바라는 것이 무엇인지도 모르는 바보 같은 자신을 자책하기 시작했다.

'히키코모리'라고 일컬어지는 '은둔형 외톨이'는 과거 1970년대 일본에서 입시과열 스트레스가 심한 청소년들의 등교거부에서 시작되었다. 등교를 거부한 청소년들은 학교에 가지 않고 집안에 은둔해 있다가 저녁때가 되어서야 밖으로 나오곤 했다. 오늘날에 은둔형 외톨이 현상은 이후 단순히 청소년만의 문제를 넘어 사회 전반의 문제로 확산되었으며 일본 전체 인구의 1%가량을 차지한다. 우리나라에서도 2000년 이후 점차 은둔형 외톨이 현상이 본격화되었다. 청소년위원회가 발표한 '은둔형 외톨이 등 사회부적응 청소년 지원방안'에 따르면 은둔형 외톨이는 다음과 같은 경우를 일컫는다. 첫째, 최소한의 사회적 접촉 없이 3개월 이상 집안에 머물러 있고 둘째, 진학·취업 등의 사회참여활동을 할 수 없거나 하지 않고 있으며 셋째, 친구가 하나밖에 없거나 한 명도 없을 뿐 아니라 넷째, 자신의 은둔상태에 대해 불안·초조감을 느낀다.

이들은 다른 사람들에 의해 강제로 외부활동을 제한당하는 것이 아니라 본인 스스로 마음의 담을 쌓고 외부와 단절한 채 집안에 자신을 가두고 병적으로 왜곡된 자신만의 세계에 살며 '고통을 자각하고 있는 사람'이기도 하다.

은둔형 외톨이가 생기고 늘어나는 원인은 무엇일까. 정상적인 사회생활을 거부한 채 방안에 틀어박혀 지내는 이들의 성향은 사회 부적응, 가정 해체, 가족의 폭행, 학교 폭력, 인터넷 게임 중독 등의 상황에 반복적·지속적으로 노출된 사람들에게 더욱 자주 나타난다.

그중에서도 특히 입시지옥과 취업난, 장기적 불황에 따른 생존경쟁은 갈수록 치열해져가고, 거기서 패배를 경험하는 사람들이 늘어남에 따라 은든형 외톨이도 증가하는 경향이 있다. 좌절과 패배를 겪으며 주위의 따가운 시선에 외부활동을 중단한 채 방 안에 틀어 박혀 인터넷 게임과 같은 온라인 세상에 빠져들게 되는 것이다.

위 에피소드 주인공 우진이도 1년 가까이 자기 방에 숨어 지내는 은둔형 외톨이다. 어머니가 도움을 요청한 전문의와의 대화를 통해 우리는 우진이의 아픔을 짐작할 수 있다. 그는 객관적으로도 주관적으로 매우 모범적이고 영특한 아이였다. 그러나 그것이 오히려 스스로의 발목을 잡은 셈이다. 매사 뛰어난 능력을 보이는 우진이가 은둔자가 된 이유는 '아버지의 인정을 받지 못했다'는 것이다. 또한 다른 아이들처럼 아버지와 단란한 대화의 시간을 갖고 싶어 했으나, 권위적인 아버지는 그런 아들의 바람을 알지 못했다. 아버지와 아들, 서로의 바람이 달랐으나 그것이 무엇인지 파악할 수 있는 관심도 대화도 부족했다. 우진이는 영특한 만큼 정서적 교류에 대한 욕구도 컸으나 그것이 좌절될수록 자신에 대한 자존감이 떨어지고 자신에 대하여 무가치하다는 생각을 갖게 되었다. 그것은 무력감으로 이어져 모든 일에 의욕을 잃고 나아가 미래에 대한 의지도 희망도 무의미한 것이 되어버렸다. 자신만의 공간에 틀어박힌 채, 바깥세상과 교류하지 못하며 미래조차 생각하지 않는 심리적 어려움을 갖게 된 것이다.

이제 우진이가 안고 있는 문제에 대한 해결 방향을 생각해보자. 현재 우진이의 상태는 스스로 초래한 것이라 해도 근본적으로는 가족 간의 원만한 의사소통과 긍정적인 감정의 교류가 부족하기 때문임을 알 수 있다. 이것은 우진이 혼자만의 문제가 아니며 우진이 혼자 힘으로 극복할 수 있는 문제도 아니다.

그러므로 가족 모두 우진이와 대화의 시간을 자주 갖도록 노력하고 그의 작은 노력이나 성과에도 아낌없는 칭찬과 격려를 해주려는 열린 마음자세가 필요하다. '칭찬은 고래도 춤추게 한다'는 말처럼 칭찬을 듣고 싫어할 사람은 없다. 그렇다고 이제 겨우 숨어있는 방문을 조금 연 우진이에게 갑작스레 지나친 표현을 하려 애쓴다면 역효과가 날 수도 있으므로 한걸음씩 천천히 다가간다는 마음으로 서두르지 않는 것이 좋을 듯하다. 가족들의 깊은 이해와 배려심이 우선되어야 할 것이다.

가족은 즐거울 때나 힘들 때나 함께 기뻐하고 위로해주는 운

명 공동체이다. 제3의 타인들과는 달리 피로 맺어진 존재가 아닌가. 부모는 자녀를 잘 기르고 교육시키는 것뿐 아니라 그들과의 끊임없는 감정의 소통, 깊이 있는 대화도 중요하다. 부모로서 제대로 양육시키기 위해 눈코 뜰 새 없이 바쁘지만 경제적 굶주림보다 정서적 심리적 굶주림이 더 나쁜 결과를 가져올 수 있음을 짐작해야 한다. 자녀들 역시 권위적인 부모일지라도 먼저 마음을 열고 다가가려는 적극적인 노력을 멈추지 말자.

부모와 자녀, 형제간의 끊임없는 대화와 소통만이 또 다른 은둔형 외톨이를 예방하는 길이다. 오늘도 말이 안 통하는 부모님으로 인해 혼자 속으로만 좌절하고 있다면, 아무리 잘해도 칭찬해주지 않는 가족들 때문에 슬퍼하고 있다면, 내가 먼저 마음을 열고 용기 내어 대화를 시도해보자. 해보지도 않고 '대화가 안돼'라고 말하기 전에 먼저 문을 두드려라. 두드려보지도 않고 열리지 않는다고 체념하지 말자.

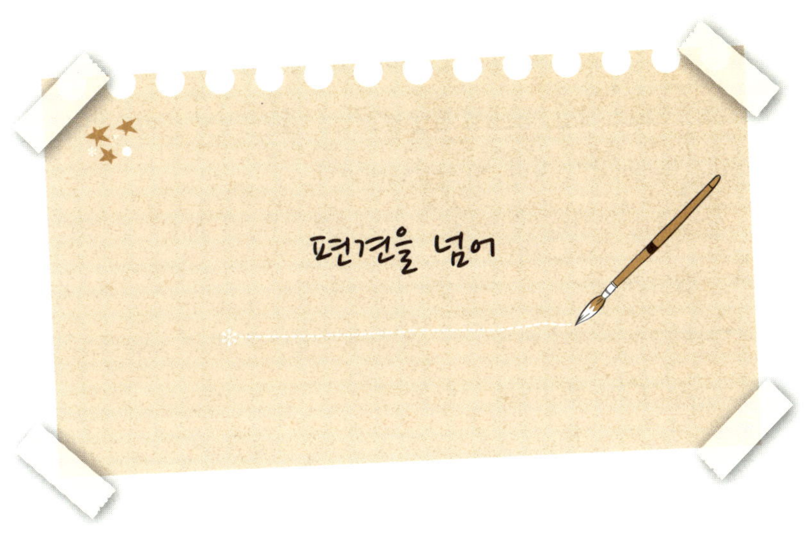

중학교 2학년인 희선이는 위로 고등학교, 대학교에 다니는 언니가 있었다. 어머니는 아들을 낳기 위해 노력했으나 끝내 희선이까지 세 딸을 낳고는 건강 때문에 포기하고 말았다. 그때부터 할머니는 며느리를 구박하기 시작했다.

"아들도 못 낳는 며느리는 며느리도 아니다! 흥, 쓸데없는 딸년들만 셋이나 낳아놓고도 어찌 그리 밥은 잘도 처먹는지…츠츠"

게다가 손녀들도 예뻐하지 않았을 뿐 아니라 막내인 희선이는 더욱 노골적으로 미워했다.

"내가 왜 쓸데없어요? 그러는 할머니는 여자 아니에요? 왜 그렇게 맨날 남자편만 들고 여자라면 무조건 업신여기고 구박하는 건데요, 네?!"

“저…저…! 저년 하는 것 좀 보라지…자알~한다! 저런 버르장 머리는 누굴 닮아 저런 거냐…츠츠츠…”

할머니는 자신의 말을 잘 듣지 않으면 이렇게 희선이를 타박 하곤 했다.

“아이고…어쩌나…어머니…희선이도 한다고 하고 있는데, 그 렇게 못마땅해 하시니까 그러죠…”

보다 못한 희선이 어머니가 어쩔 줄 몰라 하며 조심스레 한마 디 흘리기라도 하면 며느리에게까지 더욱 사납게 쏘아붙였다.

희선이 할머니는 고지식한 옛날 사고방식에 젖은 데다 배운 것도 많지 않고 남존여비 사상을 신봉하는 분이었다. 그런 까닭 에 며느리인 희선이 어머니를 아끼고 도와주기는커녕 매사 일일 이 간섭하고 타박을 그칠 줄 몰랐다.

“아~~ 정말 싫어! 다른 애들 할머니는 인자하고 손주들을 얼 마나 이뻐하는데 무슨 할머니가 손녀들을 벌레 취급해?! 증말 짜증나! 차라리 집을 나가버리든가 해야지! 더 이상 할머니랑 한 집에서 못살겠어! 할머니가 아니라 마귀할멈이야!”

그럴 때면 할머니는 말의 시위를 며느리에게로 돌려버렸다.

“뭐야, 마귀할멈?! 저 계집애가 어디서 못 먹을 걸 주워 처먹 었나? 너도 마찬가지야! 남자가 하는 일에 여편네가 감 놔라 배 놔라 하는 집안 치고 잘되는 꼴을 못 봤다! 네가 우리 집에 시집 와서 아들이라도 낳아줬냐? 남들 다 잘 낳는 아들자식 하나 못 낳는 주제에 어디서 시에미한테 남편한테 큰소리냐, 큰소리가?”

5남매의 막내아들인 희선이 아버지는 10여 년 전 다니던 직장을 그만두고 사업을 시작했으나 사업은 생각만큼 잘되지 않아 늘 어려움을 겪고 있었다. 초기엔 부모님의 재산을 털어 넣었으나 결국은 그것도 바닥이 나자 종종 아내에게 돈을 마련해달라고 부탁하곤 했다. 희선이가 보기에 사업을 제대로 번창시키지도 못하고 어머니에게 계속 손을 벌리는 아버지가 너무 무능해 보였다. 그나마 고등학교 선생님인 어머니 덕분에 가족들이 굶지 않고 살 수 있다고 생각되었다.

“낼모레 어음을 막아야 되는데…돈이 조금 부족하네…어떻게 안 될까…”

종종 아버지는 어머니에게 돈을 빌려갔으나 되갚은 적은 거의 없었다. 어머니로서도 더 이상 돈을 빌릴 곳도 없을뿐더러 갚을 능력도 예상도 확실하지 않은 상황에서 남편의 요구를 들어주기는 힘들었다.

지난 새벽에도 술에 취해 들어온 희선이 아버지는 곤히 자는 가족들이 다 깨어나도록 아내를 들볶아대자 더 이상 참다못한 희선이 어머니가 이렇게 한마디 했다.

“그만 좀 해요! 내가 돈이 어디 있다고 집에만 들어오면 돈타령이에요? 남자가 가족들 돌볼 생각은 안하고…정말 한심하네!”

그러자 밖에서 듣고 있던 시어머니가 냉큼 끼어들더니 무조건 아들 편을 들기 시작했다.

"남자가 밖에서 하는 일에 여편네가 무슨 토를 달아! 엊그제
너 계 탔다는 거 알고 있어! 흥, 저 혼자 잘 먹고 잘 살겠다 이거
냐, 이년아!"

"어머니, 무슨 말씀이세요. 곗돈 부을 돈도 없어요…저희가
어떻게 사는지 정말 모르세요? 저 시집올 때 받은 알량한 금반
지까지 다 팔아서 저사람 사업밑천으로 들어갔지만 집으로 돌아
온 돈은 백만 원도 안 될 거에요…그동안 아이들 학교 보내고 사
는 것도 제가 선생질이라도 해서 가능한 거에요…큰애는 자기가
벌어서 대학 다니잖아요?!"

"이년이 어디서 이렇게 말대꾸야? 아들 하나도 못 낳는 며느
리가 며느리냐? 바보 머슴보다도 못하다! 옛날 같으면 진작 내
쫓길 것을 불쌍해서 데리고 살아주니까 뭐가 어째?"

어머니 아버지의 불화만으로도 늘 불안하고 괴로운데, 같은
여자이면서도 자신과 어머니를 미워하고 구박하는 할머니를 희
선이는 도무지 이해할 수가 없었다. 가정은 제대로 돌보지 않은
채 사업한다며 밖으로만 도는 아버지대신 집안을 꾸려나가는 어
머니의 노고와 고마움을 외면하는 할머니가 야속하기만 했다.

'이런 가족은 필요 없어…이건 가족이 아니라 남보다 못한 사
이야…불쌍한 엄마는 그렇게 고생하면서도 왜 그렇게 할머니한
테도 아빠한테도 큰소리도 제대로 못치고 하인처럼 구박을 받고

살아야 되는 거지? 다들 고마운 줄을 모르면 사람이 아니야! 차라리 엄마랑 언니들이랑 우리끼리만 사는 게 행복하겠어…'

희선이는 이불 속으로 숨어들며 서럽게 흐느꼈다.

어려울 때 서로 힘이 되고 위로해주며 기쁜 일이 있을 때 사심 없이 더 크게 기쁨을 나눌 수 있는 사람들이 바로 가족이다. 밖에서 아무리 힘들고 지치는 일이 있어도 가정으로 돌아가면 진심으로 위로를 받을 수 있으니 내일 닥쳐올 고난도 두렵지 않은 것이다. 세상이 모두 불신하고 외면한다 해도 언제나 나를 믿고 지지해 줄 수 있는 것은 가족뿐이다. 아무리 가진 것이 많고 호의호식을 한다 해도 가족이나 친척이 없다면 그는 행복할까. 꼭 그렇지는 않을 것이다. 우리는 대부분 태어날 때부터 가족들 속에 가족과 함께 존재해 왔기에 가족의 소중함을 모른다. 싸우고 괴롭힐 때는 떨어져 있고 싶고 다시는 얼굴을 보지 않아도 후회가 없으리라 생각한다.

어떤 사고로 가족을 모두 잃거나 태어나면서 고아가 되는 등 여러 가지 이유로 가족 없이 혼자 세상을 살아가는 이들은 어떤 이야기를 할까. 우리는 종종 오래전 헤어진 가족을 찾는 안타까운 사연들을 들을 수 있다. 그들은 여러 가지 이유로 혼자 사는데, 늘 외로웠으며 가족들을 찾고 싶다고 이야기한다. 그들이 가난하고 굶주려서 그런 것은 아니다. 자수성가하여 큰 부를 쌓은 이들도 '혼자'라는 사실은 뼛속까지 사무치는 외로움을 느끼

잃어버린 안식처

게 하는 고통이기 때문이다. 찬밥 한 그릇이라도 함께 얼굴을 맞대고 나누어 먹고 싶은 마음 때문이다. 이토록 소중한 가족의 의미를 우리는 대개의 경우 잘 실감하지 못한다.

위의 희선이네 가족도 충분히 다복한 가정이 될 수 있는데, 그것을 잊은 채 살고 있다. 갈등의 시작은 할머니의 남녀차별이다. 또한 아버지는 자신의 비전을 실현하기 위해 애쓰는 것이겠지만 결과적으로는 가정을 제대로 돌보지 못하고 있다는 게 문제이다. 사업은 물론 가족 모두의 보다 나은 생활을 위한 것임에 틀림없다. 그러나 늘 어려운 사업을 끌고 나가려다보니 결과적으로는 가족들의 지지를 받지 못하게 되었다.

보다 중요한 희선이네의 갈등은 함께 사는 할머니가 지나치게 가부장적인 사고에 젖어 며느리와 손녀를 구박한다는 것이다. 희선이 말대로 같은 여자이면서도 며느리와 손녀에게 보이는 언행은 너무나 고지식하기 이를 데 없다. 그러한 공격을 직접적으로 당하면서 희선이는 심한 스트레스를 받게 되었다. 급기야 '이런 가족은 가족이 아니'라는 생각을 하게 되고 가족을 위해 열심히 일하고도 위로 한 마디 듣지 못하는 가여운 어머니와 언니들과만 따로 사는 꿈을 꾸게 되었다.

희선이의 이런 고민은 어떻게 해결해야 할지 생각해보자.

아버지와 할머니와 떨어져, 가족들을 위해 늘 고생만 하면서도 위로받지 못하는 어머니하고만 살게 되면 과연 희선이는 행복할까. 어찌어찌해서 그렇게 된다면 얼마동안은 희선이도 정말 행복할지 모르겠다. 그러나 미워하던 사람이 없으면, 미운정도 정이라는 말이 있듯이 처음엔 속이 시원할지 몰라도 곧 그리워하게 될 수 있다. 왠지 미운데도 생각나고 아쉬운 생각이 드는 것은 바로 그들이 피를 나눈 가족이기 때문이다. 그러므로 무작정 헤어져 사는 것만이 능사는 아닌 듯하다.

그보다 먼저 가족 간의 대화를 시도해보는 것은 어떨까.

그러기 위해서는 먼저 할머니에 대한 미움의 감정을 조절할 필요가 있다. 상대방에 대하여 의도적으로라도 단점보다는 좋은 점에 대해 생각하고 칭찬하기 시작하는 것이다. 할머니는 처음엔 어색해하고 의아하게 생각할지도 모르지만 매일 한 가지씩 칭찬의 말을 듣게 되면 나중엔 분명히 다른 반응이 올 것이다. '웃는 얼굴에 침 못 뱉는다'는 말이 바로 그런 경우가 아닐까. 아무리 심보가 못된 사람이라도 내가 자꾸 칭찬을 한다면, 결코 나에게 욕을 하지는 못할 것이다. 그렇게 조금씩 마음이 열리기 시작하면 할머니도, '아들을 못 낳았다고 욕하기는 쉽지만 정작 그 당사자는 얼마나 마음이 괴로울 것인가' 하며 며느리의 심정을 이해하는 너그러움을 갖게 될 것이다.

물론 하루아침에 칭찬 몇 마디로 할머니의 태도와 생각을 바꾸기는 어려울 가능성이 높다. 그러나 희선이 말대로 할머니도 어머니도 모두 여자가 아닌가. 할머니 자신도 여자이며 살아오는 동안 얼마나 힘든 일이 있었을 것이며 그럼에도 얼마나 훌륭하게 가정을 꾸려 오셨는지에 대하여 손녀가 감탄스럽게 이야기한다면 마음의 문이 조금 더 열리지 않을까.

또한 늘 사업하느라 돈 때문에 전전긍긍하는 아버지에게도 막내로서 절실한 마음을 전달하는 편지를 쓰거나 대화를 시도하는 것이다. 가족은 큰 돈을 벌어오는 아버지도 좋지만 그보다는 가족들을 따뜻하게 보듬어 줄 수 있는 아버지를 더 원한다는 점을 이해시키는 것이다. 아버지 역시 한 번에 자세가 바뀌지는 않을 것이다. 그러나 가족에게 정말 중요한 것이 무엇인지 생각해보는 기회가 된다면 변화는 기대할 수 있지 않을까.

희선이는 모두가 행복하고 단란한 가정을 꿈꾼다. 그것은 편견이나 재물을 통해 이루어지지 않는다. 그것은 서로의 진심을 나누고 공감하며 감싸 안을 때 가능해진다. 그것을 기억한다면 희선이의 작은 노력이 나비의 날갯짓이 되어 놀라운 변화를 가져오리라 믿는다.

가족은 세상 모두가 손가락질해도 나를 믿어주는 가장 든든한 울타리이고 지지대이다. 그것을 바로 세우려는 절실함만 있다면 그 마음을 다해 노력하고 시도해 볼 수 있지 않을까. 가족은 소중하니까.

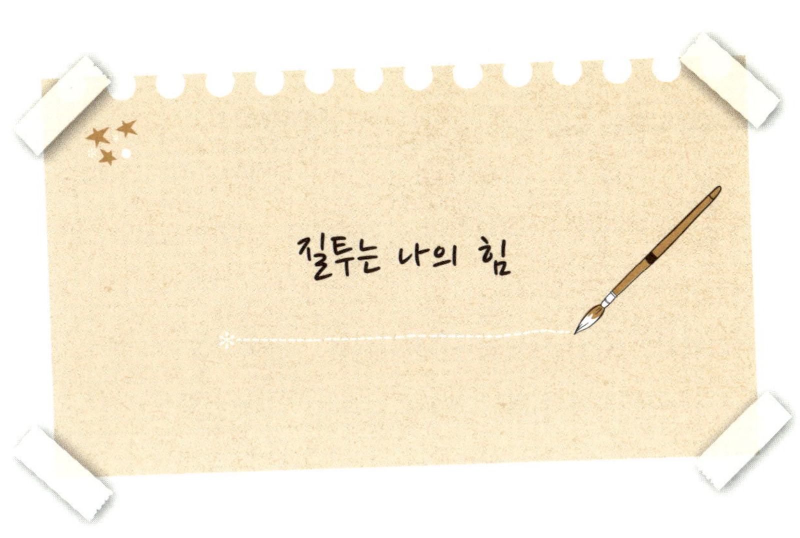

중학교 3학년인 명지와 고등학교 1학년 윤지는 친자매간이다. 한 살 차이 자매는 친구처럼 항상 붙어 다니고 무엇이든 함께 하곤 했다. 둘 다 공부도 잘하고 친구들 사이의 인기도 좋았다. 그래서인지 둘 사이에는 은근한 경쟁심도 있었다.

"지난번엔 아깝게 평균점수가 명지보다 낮았는데…이번 시험에선 꼭 내가 앞서고 말거야!"

"언니는 피아노를 나보다 훨씬 잘 친단 말이야…레슨 진도도 나보다 몇 곡이나 앞서 있고…으…나도 빨리 더 연습해서 추월하고 말거야!"

이러다 보니 서로 매사에 적극적이고 열심이었다.

윤지가 학교에서 수학여행을 떠났을 때 명지는 어머니와 함께 영화도 보고 맛있는 것을 먹고 쇼핑을 즐기기도 했다. 그런데 수학여행에서 돌아온 언니 윤지가 몹시 샘을 냈다.

"왜 나도 없는데 둘이서만 영화보고 쇼핑하고 그래? 무슨 영화 봤어? 나도 같이 보기로 한 거 아냐? 왜 엄마는 명지만 이뻐해?!"

윤지의 말도 안 되는 질투에 어머니는 당황했다.

"애, 엄마가 누굴 더 이뻐하고 말고가 어딨니? 넌 더 좋은 곳으로 비행기타고 수학여행 갔다 왔잖아? 샘낼 걸 샘내야지…언니가 돼가지고 왜 그러니!"

"맞아! 언니는 더 신나게 놀다와 놓고 그깟 영화보고 옷 몇 개 산걸 질투 하냐? 하-참!"

동생 명지도 어이없다는 듯 코웃음을 쳤다. 그러자 윤지는 더욱 열을 받았다.

"너! 그러기야? 뭐든지 나랑 같이 하기로 해놓고 나 없는 틈을 타서 엄마랑 둘이서 재밌게 노는 게 어딨어?! 나도 엄마랑 둘이서만 영화보고 쇼핑하러 갈 거야!"

이런 일이 종종 벌어지자 항상 붙어 다니고 무엇이든 라이벌처럼 똑같이 하려고 드는 두 딸이 엄마로서는 은근히 걱정스럽기까지 했다.

함께 중학교에 다닐 때는 그나마 생활영역이 같아서 서로에 대해 신경 쓰는 게 지금처럼은 아니었으나, 한명이 고등학교에 진학한 뒤로 정도가 심해진 경향이 있었다. 더구나 고등학교라는 새로운 환경에 적응하느라 스트레스를 받게 된 언니 윤지가 좀 더 예민해져갔다.

어느덧 고등학교 1학년 1학기 기말고사가 끝나고 성적표가 집으로 날아온 어느 날이었다. 여름방학을 맞아 가족끼리 휴가를 다녀온 윤지는 때마침 우편함에서 명지와 자신의 성적표가 담긴 봉투를 발견했다. 성적표를 개봉하는 순간은 누구에게나 가슴 두근거림을 느끼게 한다. 먼저 아무 생각 없이 명지의 성적표를 열어본 윤지는 가슴이 철렁하고 말았다. 윤지가 전교 1등을 했기 때문이었다.

'이게 뭐야? 전교 1등이잖아? 아무리 그래도 전교 1등한 적은 없는데 얘가 얼마나 열심히 했길래 전교 1등이야?'

윤지는 당황하여 명지의 성적표를 구겨버리고 말았다. 그리고 자신의 성적표를 조심스레 열어보다가는 한숨을 내쉬고 말았다.

'어휴…이게 뭐야? 미치겠네…중학교 때까지는 그래도 윤지만큼 했었는데…어휴…죽고 싶어! 동생보다는 잘해야 될 거 아냐!'

그날부터 윤지는 이유 없이 명지에게 퉁명스레 대하고 늘 함께 하던 일들도 하지 않으려 했다. 오후에 피아노 선생님이 방문하여 명지부터 레슨을 시작했다. 조용한 집안에 피아노 소리가 울려 퍼지자 윤지가 다가오더니 이렇게 비꼬았다.

"아휴~ 좀 잘 쳐봐라…! 그게 뭐니? 누가 들으면 초등학생이 치는 줄 알겠다. 흥! 그래가지고 언제 나 쫓아올래?"

명지보다 피아노 실력이 좋은 윤지가 비아냥거리듯 입술을 씰룩거리자 선생님이 주의를 주었다.

"너 왜 그래? 이 정도면 명지도 금방 너 쫓아갈 거야! 누가 연습하는데 옆에 와서 방해하라 그랬니? 저리 가!"

"어머…선생님! 명지보다 제가 진도도 훨씬 빠르고 선율 타는 것도 훨씬 잘한다고 하셨잖아요? 근데 왜 그러세요? 금방 쫓아 온다고요? 제가 듣기엔 초등학생 같아요~!"

핀잔을 들은 윤지가 이렇게 대응하자 선생님은 어이없어하며 말했다.

"명지가 얼마나 열심히 하는데! 이렇게 꾸준히 하면 너보다 훨씬 잘 치게 될 거야! 그러니까 너도 게으름 피우지 말고 부지런히 해라!"

선생님의 말에 더 이상 할 말을 잃은 윤지는 갑자기 눈물을 쏟으며 방으로 돌아갔다. 쌍둥이처럼 늘 함께 하다 보니 어느새 윤지는 동생과 경쟁을 하고 있었던 것이다. 겉으로는 사이좋은 자매였지만 속으로는 무엇이든 동생보다 잘해야 한다는 강박증을 갖게 되었던 것이다. 학교 공부도 그렇고 친구들 사이에서도 동생이 인기가 좋은 것 같으면 왠지 짜증이 나기도 했다.

어머니나 아버지가 동생이 한 일에 대해 칭찬하거나 좋은 말을 하면 그것도 은근히 화가 나는 일이었다. 그래서 동생보다 더 많은 칭찬을 듣기 위해 더 열심히 공부하고 노력했다.

청소년을 위한 사랑의 기술

"명지는 명지대로 잘하는 게 있고 너는 너대로 더 잘하는 게 다르니까 각자의 능력과 취향에 맞게 살아야지 넌 왜 뭐든지 무조건 더 잘해야 된다고 생각하니?"

부모님은 동생과 라이벌 경쟁을 벌이는 정도가 점점 심해지는 딸이 걱정스러운 마음에 이렇게 다독이곤 했다. 그럼에도 윤지는 귀담아 듣지 않았다.

"알았다고요! 명지가 잘하는 것도 잘 하고 내가 원래 잘하는 것도 잘 하면 안 되냐고요? 언니가 동생보다 뭐든지 잘 하는 게 당연한 거 아닌가? 절대로 지지 않을 거야! 흥!"

윤지도 속으로는 자신이 좀 심한가 싶을 때도 없지 않았다. 또 자기보다 어린 동생과 경쟁을 한다는 것도 한심하게 생각되기도 했다. 그럼에도 왠지 동생보다 뒤처지는 것이 싫고 불안하고 초조하기까지 했다. 그런 마음을 윤지는 아무에게도 하소연하지 못하고 혼자서 전전긍긍하고 있었다.

'내가 욕심이 너무 많은 건가…왜 이렇게 못되게 구는 거지…동생도 더 잘하는 게 있을 수 있는 건데 왜 뭐든지 내가 이겨야 직성이 풀리는 기분인지 모르겠네…동생이 라이벌이라고 하면 누구라도 날 비웃을 거야…'

사람은 누구나 세상에 태어나는 순간부터 경쟁체제에 돌입한다고 해도 틀린 말이 아닐 것이다. 아니, 하나의 인격체로 어머니 뱃속에 자리를 잡는 일에서부터 엄청난 경쟁을 뚫어야 가능

잃어버린 안식처

한 일이니 그야말로 존재 자체가 경쟁이 아닐 수 없다. 경쟁이라는 단어는 비교, 질투, 협력 등의 단어를 떠오르게 한다. 어떤 대상과의 비교우위를 차지하기 위해 경쟁하며 나보다 나은 상대를 질투하여 라이벌로 삼기도 하고, 보다 긍정적인 경쟁을 위해서는 극단적 경쟁보다는 협력을 택하는 것이 현명한 경우도 있다.

대개의 경우, 주위의 가까운 곳에서 경쟁의 상대를 찾는데 주로 또래집단인 학교나 직장 내 동료 사이가 그렇다. 적당한 경쟁심은 스스로의 능력을 향상시키고 더욱 발전시키는 긍정적인 기능을 하지만 지나친 경쟁은 자칫 의미 없이 무조건 상대를 이기기 위한 싸움으로 치달을 위험이 있으므로 경계해야 할 것이다.

이야기 속 주인공 윤지와 명지 자매는 세상에서 둘도 없이 가까운 사이이면서도 가장 뛰어넘고 싶은 상대로서 경쟁상대가 되고 있다. 동생인 명지보다 윤지의 경쟁심리가 좀더 강해보이며, 그로인해 스스로 받는 스트레스도 커지고 있다는 점에서 문제가 있는 듯하다. 앞서 이야기 했듯이 적당한 경쟁심은 긍정적인 결과를 가져올 수 있지만 '무조건 너보다 잘해야 한다'는 생각은 우려스러운 점이 있다.

또한 또래집단에서의 경쟁은 주로 친구사이에서 이루어지는데 자매간의 이토록 지나친 경쟁심은 그리 흔치 않다. 그렇다면 윤지와 명지 자매사이에는 어떤 결정적인 사연이 있을 수도 있다는 짐작이 가능하다. 1살 터울 자매인 점을 고려할 때, 언니 윤지는 부모님으로부터 충분하고 안정된 사랑을 받기 전에 곧바로 태어난 동생에게 부모님의 사랑을 빼앗겼다는 생각을 갖게 되었을 수도 있다. 또한 성장하는 동안에도 동생과 비교당하는 경험이 많을 수 있으며, 그 과정에서 부모님의 양육태도에서 언니가 동생보다 못하다는 투의 꾸중과 비판 등을 경험함으로써 현재와 같은 성향을 갖게 될 수도 있다. 즉, 아기 때부터 충분한 사랑을 받아야 함에도 동생에게 사랑을 빼앗기고 늘 비교당하는 상황이 반복되었다면, 윤지는 무의식적으로 어떻게든 명지보다 잘한다는 칭찬을 받으려 애쓰는 성향을 가질 수도 있다.

사실이 그렇다면, 현재 윤지의 괴로움은 윤지만의 승부욕이나 이기심에 의해 생겨난 것이 아님을 알 수 있다. 부모님이 좀 더 지혜롭게 자매를 양육했더라면 지금과 같은 윤지의 갈등도 없을 것이기 때문이다.

어찌되었든 동생에 대한 지나친 승부욕으로 괴로운 현재 상황을 벗어나기 위해서는 어떻게 해야 할까 생각해보자.

인간은 완벽할 수 없는 존재이다. 태어날 때부터 신은 한사람에게 모든 것을 주지 않았다는 사실을 먼저 인정해야 한다. 어떤 사람은 공부를 잘하고 다른 사람은 손재주가 뛰어나며 또 어떤 사람은 장애를 가지고 태어났으나 장애를 뛰어넘고도 남을 만큼 위대한 일을 하기도 하는 것이다. 그들이 자신의 부족한 부분만을 안타까워하고 불만스러워한다면 어떻게 될까. 부족한 부분이 있기에 그것을 채우기 위하여 자신의 장점, 남보다 잘하는 것에 더욱 매진하여 발전하는 것이다. 그러므로, 경쟁은 자기 자신과의 경쟁이 가장 중요하다.

윤지도 모든 면에서 동생을 이기기 위해 노력하기보다 자신의 장점, 자기만 할 수 있는 재능을 찾아 그 방면에서 최고가 되기 위해 자기 자신과 경쟁하는 것이 경쟁심의 긍정적인 발현이 아닐까. 그렇지 않고 지금처럼 동생만이 목표지점이 된다면 앞으로도 계속 갈등과 상처와 좌절감에 시달리게 될 것이다.

그러기 위해서 윤지는 동생을 이겨야 한다는 지나친 생각에서 벗어나는 노력이 필요하다. 먼저, 외적으로 다방면에서 뛰어난 사람보다는 마음이 풍요롭고 너그러우며 자신의 실수와 잘못도 용납할 줄 아는 사람이 더 행복한 사람이라는 사실을 이해해야 한다. 왜곡된 경쟁심이 형성된 것이 근본적으로는 자신의 잘못만은 아닐지라도 스스로 그것이 문제임을 깨달았다면, 자신의 부족함을 인정하고 경쟁하려는 마음을 다스리려는 의도적인 노력이 필요하다. 모든 일은 마음먹기에 달렸다는 말이 있듯이, 어떻게 마음먹느냐에 따라 현재의 불안과 고통에서 벗어날 수 있을 것이다.

'괜찮다!' 라고 말해보자. 그것은 동생이 잘하는 것은 그대로 인정해주는 마음, 내가 잘하는 것은 그 역시 그대로 스스로를 격려하는 마음을 갖는 것이다. 괜찮아, 동생이 좀 잘하면 어때? 내가 잘 못하는 것도 있을 수 있지, 괜찮아!

모두 남보다 앞서나가지 않으면 실패자로 전락하는 경쟁사회이지만 적어도 형제나 자매끼리는 서로 위로하고 격려하며 손잡고 함께 나아가도 좋지 않을까? 괜찮겠지?!

학교에서 돌아오던 종훈이는 길에서 할머니의 뒷모습을 발견했다. 그리고는 할머니의 굽은 등을 쳐다보며 한숨을 쉬었다. 올해 70세가 넘은 할머니는 흔히 곱추라고 하는 척추 측만증 때문에 심하게 한쪽으로 굽은 모습으로 힘겹게 걸음을 옮기고 있었다. 한손에는 무언가가 담긴 검은 비닐봉투도 들려있었다. 저녁거리로 쓸 푸성귀 나부랭이일 것이었다.

"할머니 어디 갔다 오세요?"

종훈이가 다가가 할머니에게 말을 건넸다.

"응? 어디긴 어디야, 너 밥 해줄라고…저기 가서, 일하고 오지…아이고, 되다…"

할머니는 힘겨운 걸음을 느리게 옮기며 이렇게 대꾸했다.

"아빠는 … 집에 계세요?"

종훈이는 한쪽 가슴이 떨려오는 것을 느끼며 이렇게 할머니께 물었다.

"그렇겠지…어딜 갔겠냐…어이구…속상해…"

결혼초기 직업상 다녀오던 지방출장길에서 당한 교통사고로 한쪽다리를 못 쓰는 장애인이 된 아버지는, 그 후로 특별한 직업을 갖지 못한 채 거의 집에만 머물렀다. 그때부터 종훈이네 집은 어머니가 가장이 되어 10년넘게 가정을 돌보아왔다. 어머니는 다행히 여러 가지 요리사 자격증이 있어서 제법 큰 음식점에서 일을 하여 네 식구가 사는 데는 큰 어려움이 없을 정도였다. 그러나 어느 순간부터 아버지는 어머니의 행동을 의심하기 시작하더니 기분이 나쁠 때면 술을 마시고 심하게 다투고 폭력까지 휘두르게 되었다.

하루 종일 식당 주방에서 일하다 지쳐 쓰러질 듯한 몸을 이끌고 돌아온 어머니가 집에서 편히 쉬지도 못하고 다시 아버지의 트집과 술주정에 시달릴 때면 종훈이는 아버지가 몹시 미웠다.

'장애인 된 게 엄마 탓도 아닌데 왜 맨날 저렇게 괴롭히는 거야! 나가서 폐지 수집이라도 할 수 있는데 아무것도 안하면서 열심히 돈 벌어오는 엄마한테 왜 그래!? 정말 싫어!'

종훈이는 원래부터 장애를 가진 아버지가 남 보기 창피하고 불만이었는데 가정폭력까지 일으키려 하자 더욱 증오하기 시작했다.

'차라리 아버지가 없는 편이 낫겠어! 가족한테 아무것도 해주지 못하면서 왜 맨 날 큰소리야! 그냥 죽어버려!'

하루가 멀다 하고 부부싸움이 잦아지던 어느 날 어머니는 며칠 동안 집에 돌아오지 않았다. 그러다 다시 돌아온 날, 어머니는 여동생 종미만 데리고 아예 집을 나가버리고 말았다.

"종훈아, 엄마가 너 꼭 데리러 올 거야…그때까지만 참고 있어줘…지금 중1이니까 아무리 늦어도 너 고등학교 가기 전까지 꼭 데리러 올게! 알았지?!"

그렇게 동생과 함께 떠난 지 벌써 1년이 지나고 있었다.

어머니와 동생이 떠나자 아버지는 시골에 사시던 할머니께 도움을 청했고 그때부터 할머니가 함께 살며 살림을 도맡아 꾸려가고 있었다. 장애인 아들대신 공공근로사업에 나가 하루하루 받는 일당으로 아들과 손주를 먹여 살리는 것이다. 본인도 노쇠하여 가누기 힘든 몸을 이끌고 돈을 벌러 다니는 할머니를 보면 종훈이의 분노는 점점 더해져만 갔다. 아버지는 아내가 집을 나간 뒤로 술을 더 많이 마시며 술에 취해 애꿎은 종훈이와 할머니에게 화풀이를 하곤 했다. 그나마 할머니가 계셔서 더 심한 폭력까지 당하지 않는 거라고 생각하며 위안을 삼아야 할 지경이었다.

며칠후, 그날도 할머니는 새벽부터 공공근로에 참여하여 하루 일과를 마치고 집으로 가는 걸음을 재촉하고 있었다. 그때,

구부정하게 불편한 몸으로 길을 건너던 할머니를 오토바이가 치고 지나간 것이다. 심각한 부상은 아니었지만 그 바람에 할머니는 길바닥으로 나동그라지며 굽은 허리에 큰 충격을 입고 말았다. 처음엔 주위사람들의 도움으로 병원으로 옮겨졌으나 종훈이가 소식을 듣고 달려갔을 때 할머니는 기다시피 하며 병원 밖으로 나오고 있었다.

"할머니! 많이 다치셨다면서? 그냥 집에 가면 어떡해?! 제대로 걷지도 못하는데 집에 가면 어쩔려구요?"

종훈이는 속이 상해서 발을 동동 굴러가며 야단치듯 말했다.

"아니야…아니야…괜찮아…집에 가서 누워있으면 돼…아이고…어서 집에 가자…아이고…"

아무것도 모른 채, 이미 대낮부터 술에 취해 있던 아버지는 금방이라도 쓰러질 듯한 모습으로 들어서는 할머니를 보고는 횡설수설을 늘어놓기 시작했다.

"아이고~ 노인네가 술을 마셨나, 왜 이렇게 기어다니는 거요? 괜히 엄살 부리지 말고 일어나 보슈! 병신 아들 앞에서 주름잡는 거여 뭐여, 이거?!"

그러나 종훈이의 소맷자락에 매달리듯 의지하여 간신히 집으로 돌아온 지치고 쇠약한 노인은 말없이 진통제 몇 알을 삼키고는 그대로 자리에 눕고 말았다.

마침내, 종훈이는 더 이상 참지 못하고 아버지에게 울분을 터뜨리고 말았다.

"아버지! 제발 정신 좀 차리세요! 정말 창피해서 못살겠어요! 지금 술이나 마시고 그렇게 횡설수설하실 거에요? 할머니가 오토바이에 치였다구요! 그동안은 할머니덕분에 우리가 살았는데 이제는 할머니도 자리에 누우셨으니 어떡할 거에요? 내일부터는 제가 나가서 아버지 술값 벌어올까요? 이젠 정말 지긋지긋해요! 우리가 다 늙은 할머니를 부려먹은 거나 마찬가지에요…이제부턴 어떻게 살아요?! 학교도 그만두고 돈 벌러 나가야겠죠? 정말…집이 지옥같아요…아버지가 부끄러워요…!"

모든 사람이 자신이 마음먹은 대로 인생을 살아가는 것은 아니다. 처음부터 이쪽 길로 가려던 것이 아니었는데 어쩌다보니 이쪽 길로 가게 되고, 저쪽 길로 들어섰는데 가다보니 되돌아와야 할 때도 있는 것처럼. 그러나 처음에 마음먹은 대로 가지 못했다고 해서 후회스럽고 불행하기만 할까. 그 역시 그렇지 않을 것이다. 인생은 복습할 수 없다는 단점이 있지만 일단 들어선 길에서는 대부분의 경우 최선을 다하려고 노력하기 때문이다. 그리하여 우리는 뜻밖에도 낯선 곳에서 나의 숨겨진 능력을 발견하기도 하고 또 다른 나를 찾기도 하는 것이다. 그것이 아마도 같은 길을 두 번 갈 수 없는 인생의 참맛이 아닐까.

현재 종훈이가 겪는 인생의 고통 역시 자신이 가고 싶어 간 길은 아닐 것이다. 누구라도 고통이 따르는 길을 원하지는 않을 테니까. 그러면 종훈이 아버지는 어떨까. 아버지는 태어날 때부터 장애인이 아닌 중도 장애인이다. 애초부터 장애를 가지고 태어났다면 자신의 신체에 대하여 이해하고 받아들이는 과정과 시기가 좀 더 일찍 주어지고 적응하는데도 상대적으로 수월할 것이다. 그러나 비장애인으로 태어나 평범하게 살다가 사고로 장애를 갖게 된 사람들은 그런 현실을 쉽게 받아들이기 어렵다. 그중에는 현실을 빨리 파악하고 적응하려 노력하는 사람들도 있으나 끝내 그러지 못하는 경우도 적지 않다. 종훈이 아버지도 후자에 더 가까운 듯하다. 본인 스스로가 장애를 인정하지 못하니 가족들도 고통을 겪게 된다. 종훈이가 아버지를 창피하게 생각하게 된 것도 아마 그런 이유일 듯하다.

사춘기 청소년에게 다른 친구들과 남다른 가정형편은 매우 민감한 사항이다. 종훈이로서도 여러 가지로 고민거리가 아닐 수 없다. 더욱이 어머니까지 집을 나가시자 경제적 어려움까지 겪게 되면서 심리적으로는 매우 큰 스트레스를 받았으리라 생각된다. 그럼에도 나쁜 길로 빠지지 않고 마음에 들지 않는 아버지지만 함께 살아보려 애쓰는 것만으로도 대견하지 않을 수 없다. 이런 아픔을 남몰래 간직한 종훈이의 슬픔과 고통을 어떻게 헤쳐 나갈 수 있을지 생각해보자.

종훈이가 아버지를 미워하고 부끄러워하면서도 떠나지 않는 것은 아버지에 대한 애정이 있기 때문이다. 정말로 사랑하지 않는다면 진작에 집을 나갔어도 되니까. 그러나 종훈이는 어머니와 동생이 떠난 집에 남았다. 그렇다면 종훈이 자신이 아버지에 대한 스스로의 마음을 들여다보고 태도를 바꾸려 노력해볼 필요가 있다. 내가 누군가에게 인정받기 위해서는 스스로 나를 인정하고 아껴주는 자세가 필요하듯이, 나 스스로 아버지를 인정하고 떳떳하게 생각하려는 노력이 필요하다. 아버지를 인정하지 않고 미워하려 애쓰기보다 그런 아버지일망정 살아계시니 얼마나 다행인가 하고 스스로의 생각을 바꿔보는 것이다. 어머니가 안 계시면 어머니의 빈자리가 느껴지듯이 몸이 불편한 아버지라도 이 세상에 없는 것보다는 낫기 때문이다.

아버지의 안 좋은 모습들은 아들이 아버지를 부끄러워한다는 것을 아버지 자신도 이미 알고, 자신이 떳떳하고 좋은 아버지가 되어주지 못하는 것에 대한 자책감 때문에 비관하여 나오는 행위들임에 틀림없다. '내가 아버지의 입장이라면 어떨까' 생각해보는 시간을 갖는 것이 중요하다. 그렇게 되면 아버지를 좀 더 이해하고 위로할 수 있는 마음이 생겨날 것이다. 물론 첫걸음은 언제나 어렵고 더디다. 그러나 진심으로 아버지를 위한다면 진정성 있게 용기 내어 한 걸음씩 다가가 보자. 함께 산책을 하자고 먼저 제안하거나 함께 목욕탕에 가거나…함께 할 수 있는 작은 일들을 찾아보자. 먼저 손을 내밀어보자.

김현승 시인은 '아버지의 마음'이라는 시에서 '아버지의 눈에

청소년을 위한 사랑의 기술

는 눈물이 보이지 않으나 아버지가 마시는 술에는 항상 눈물이 절반이다…'라고 노래했다.

아버지의 외로움을 한번 헤아려보자. 우리는 어찌할 수 없는 가족이니까.

세상에 없는 세계

잘못된 선택

"너…이렇게 공부 안하면 고등학교도 못 간다! 정신 차려야지…? 응? 세미야!"

중학교 3학년 세미는 일주일에 세 번 정도 교무실에 불려가 담임선생님께 이런 소리를 듣곤 한다. 그때마다 세미는 한숨을 내쉴 뿐 아무 대답도 못한 채 속으로 이렇게 뇌까렸다.

'나도 잘하고 싶지…내 인생인데…당신보다 덜 하겠수…띠바…'

3년째 할머니와 둘이 살고 있는 세미는 부모님의 이혼 당시 받은 충격 탓인지 아무 일에도 흥미를 느끼지 못하게 되었다. 부모의 이혼도 충격이었지만 아무도 자신을 원하지 않아 할머니에게 버려지듯 맡겨졌다는 사실이 세미로서는 너무나 당혹스러운 일이었다. 그전까지는 작고 귀여운 외모에 공부도 잘하는 편이었던 세미는 그때의 스트레스로 탈모와 불면증에 시달렸다. 뿐만 아니라 폭식 증세를 보이더니 키는 자라지도 않은 채 체중만 불어나 이제는 주위로부터 '뚱뚱하고 돼지 같다'는 놀림을 들을 정도가 되어버렸다. 한창 예민한 사춘기소녀에게 닥쳐온 현실은 스스로 감당하기에 벅찬 것이었고 어느새 될 대로 되라는 심정이었다. 외모에 대한 놀림과 절망적인 가정환경 등 모든 것이 공부 따위는 이미 뒷전으로 밀어냈을 뿐 아니라 자포자기의 상황이 되어갔다. 그런 세미와 유일하게 말이 통하는 사람은 같은 반 친구 선주였다.

선주도 마찬가지로 성적은 하위권이며 뚱뚱한 외모 때문에 큰 스트레스를 받고 있었다. 그나마 선주는 부모님과 형제들과 함께 살았지만 경제적으로 매우 어려운 형편 때문에 우울감이 컸다. 선주도 세미처럼 고등학교 진학을 걱정할 정도의 성적 때문에 늘 선생님의 핀잔을 듣곤 했다.

"크크크…우리 담탱이 불쌍하다…맨날 우리한테 공부 좀 하라고…입도 안 아픈가…좀 있으면 연합고산데…야, 우린 좀 틀리지 않았냐…?"

세미가 물었다.

"뭐가 틀려?…아~ 고등학교 가기 틀렸다고?"

선주가 되묻자 세미가 이렇게 대꾸했다.

"그래! 연합고사가 코앞인데 뭐…이제 와서 뭘 어떻게 하라는 거야? 다 틀린 거지…쩐다…진짜…"

"그래도…요즘 세상에 고등학교는 나와야 어디 가서 취직이라
도 할 수 있는 거 아니니? 중학교만 나왔다 그럼 우릴 완전 바보
취급하는 거 아닐까?"

선주는 은근히 걱정스러운 듯 말을 이었다.

"그럼 지금이라도 열심히 책을 파보든지…나는 빨리 이 지옥
을 벗어나고 싶을 뿐이야! 그러고 나면 아무도 찾지 못하는 곳에
서 살고 싶어…"

세미와 선주는 둘 다 학교생활에 대해 어떤 아쉬움도 없었다.
하루하루가 절망적이고 슬프게 시작되고 끝났으며 늘 자신이
순간적으로 사라져버렸으면 좋겠다고 수도 없이 생각해왔던 것
이다.

"그건 나도 그래…그래도 너랑은 속마음 터놓고 얘기하고 지
낼 수 있어서 좋아…우리 중학교 졸업하고 나면 헤어지는 거
냐…슬프다…영원히 같이 지낼 수 있다면 좋겠다…"

선주가 이렇게 말하며 슬픈 표정이 되었다. 세미는 선주의 손
을 잡으며 위로하기 시작했다.

"그래…죽고 싶을 때도 많았는데…그때마다 너와 함께여서 버
틸 수 있었지…만약에 헤어지게 된다면 정말 살고 싶지 않을 거
야…그 생각만으로도 살기 싫다…차라리 함께 있을 때 죽어버릴
까…"

“맞아…나도 죽고 싶어…죽으면 얼마나 마음이 편하고 행복할까…날마다 생각해…집에 가면 하루 종일 노점에서 일하다 돌아온 엄마아빠가 밤새도록 부부싸움을 하지…두 동생들 챙기는 건 내 몫이고…공부를 하고 싶어도 할 시간이 없다! 헐…그런데도 뭐가 조금만 마음에 안 들면 엄마는 날 들들 볶아…이유도 없이 이리저리 시달려…그런데 무슨 고등학교야! 훨훨 날아가고 싶을 뿐이야!”

선주가 나쁜 기억을 떠올리듯 울먹거렸다.

“바보야 울지 마! 니네 부모가 비정상이야…우리 부모처럼. 우리 부모는 날 버렸고 니네 부모는 버리지만 않은 것뿐이지 대하는 건 별 차이가 없어! 정말 역겹지 않니? 자식을 아무렇게나 팽개치다니! 뱃살이 접혀서 진물이 나…아…쓰려…넌 안 그러니? ㅋㅋ”

“야 나도 그래! 뱃살만 그러냐? 사타구니도 완전 맞닿아서 걸을 때마다 살이 쓸려죽겠어 다 헐었어…세미야! 우리 같이 죽을래? 난 아무리 생각해도 앞으로 살아갈 용기가 없고 희망도 없어…모든 게 나를 외면해! 죽어서 하늘을 날아다니면 얼마나 자유롭고 행복할까! 난 죽고 싶어, 진짜로!”

뜻밖의 말에 세미는 눈빛을 반짝이며 다가앉았다.

“정말이야? 나도 그렇게 생각해! 어쩜 나랑 생각이 똑같니! 혼자 죽는 것보다 둘이 손 꼭 붙잡고 가면 하나도 안 아프고 안 외로울 거 같아! 나도 벌써부터 그런 마음먹고 있었어…언제든 기회만 되면…나를 괴롭히고 슬프게 한 사람들 아무도 없는 곳으로 갈 거야!"

세미와 선주는 어느새 자신들의 장래에 대해 이런 이야기를 속삭이게 되었다. 함께 시험공부를 하겠다고 세미의 방에서 밤을 지새우게 된 두 소녀는 이불 속에서 더욱 구체적인 계획을 짜기 시작했다.

얼마 후, 고등학교 연합고사일이 되었다. 모든 중3 아이들이 수험표를 챙겨 시험장으로 향할 때 세미와 선주는 각자의 유언장을 품에 넣고 근처의 고층아파트 계단을 오르고 있었다.

2012년에 실시된 통계청의 '2012년 청소년 통계'에 따르면 우리나라의 만 15~24세 청소년 가운데 지난 1년 동안 자살하고 싶다는 충동을 한번이라도 느낀 비율이 8.8%에 이르는 것으로 조사되었다. 또한 2010년 기준 청소년의 사망 원인 중 1위는 놀랍게도 자살이었으며 청소년 10만 명 당 자살자 수가 13명에 이른다.

우리 청소년들이 자살을 선택하는 이유는 무엇일까. 물론 자신이 처한 여러 가지 상황들이 고민의 이유가 되고 그것을 해결할 방법으로 선택하겠지만 그보다 근본적인 이유는, 고민을 나눌 상대가 없거나 정서적으로 지지해주는 사람이 없기 때문이다. 인간에게 생각하는 힘이 있는 이상, 고민이 하나도 없는 사

청소년을 위한 사랑의 기술

람은 없을 것이다. 다만 그것에 대하여 어떻게 현명하게 대처하느냐는 사람마다 다르다. 그러나 중요한 것은 혼자만의 고민으로 끌어안고 해결책을 찾으려 애쓰기보다 주위와 소통하고 대화함으로써 보다 긍정적인 답을 구할 수 있다는 사실이다.

또한 자살우려가 높거나 자살 충동으로 도움을 요청하는 이에게 효과적인 대화방법은 종교적인 설교나 도덕적 학문적으로만 그럴듯한 어려운 논리가 아니라, 상대의 고통과 처지를 이해하며 이야기를 충분히 들어주는 것이다.

위의 이야기 속 두 소녀, 세미와 선주의 경우를 살펴보자. 두 소녀는 불우한 가정환경과 형편없이 낮은 성적, 우울한 미래 그리고 외모에 대한 고민을 가졌다는 공통점 때문에 친구가 되었다.

언뜻 보기에 세미와 선주는 서로 대화할 상대가 있는 것처럼 보인다. 그러나 같은 아픔을 가졌다는 공통점이 오히려 긍정적인 사고를 하지 못하게 하는 치명적인 약점이 되었다. 두 소녀는 가족은 물론 어느 누구에게도 터놓지 못하는 고민을 서로 허심탄회하게 나누었다. 그럼으로써 '그래도 앞으로 더 열심히 공부하고 멋진 미래를 위해 노력하자'는 결론을 얻을 수 있었다면 좋았겠지만 그러지 못했다. 함께 고민하는 시간이 늘어나지만 긍정적인 해결책을 생각하기보다, 결국 함께 자살하자는 쪽으로 진행되어 비극적인 결말을 맞고 말았다.

가장 가까운 사람들로서 정서적으로 지지자가 되어주고 아픔에 대하여 공감을 해주어야 할 가족들은 세미와 선주에게 무관심했다. 당신들의 손녀가, 딸이 어떤 일로 절망했는지 아무런 눈치도 채지 못했다면, 두 소녀가 얼마나 외로웠을 지에 대해 충분히 짐작할 수 있다.

그렇다면 주위 사람들은 세미와 선주의 동반자살을 막을 수 없었을까.

존재를 무시당하고 관심 받지 못하고 사느니 차라리 죽는 편이 행복하며 그로써 자신의 존재에 대하여 외치고자 했던 두 소녀의 죽음의 행진을 막기 위해 필요한 것은 무엇일까. 그것은 작은 관심과 따뜻한 대화를 통한 소통이다. 또한 그것은 가장 일차적이고 중요한 공동체인 가정에서부터 시작되어야 한다.

부모 자녀간의 소통을 위해서는 부모가 먼저 자녀의 이야기에 귀를 기울여야 한다. 그렇다고 취조하듯 어떤 이야기를 끌어내려 애쓸 것이 아니라 평소 자녀의 생활에 관심을 가지고 자녀가 하는 사소한 한마디에도 귀 기울이고 의미를 파악하려는 노력이 필요하다는 뜻이다. 만약 세미나 선주의 가족들이 이렇듯 사소한 한마디 한마디를 소중하게 여기고 귀담아들었다면 결과는 분명히 달라졌을 것이다. 자신의 이야기에 마음을 열고 귀담아 들어줄 때 자녀들도 부모의 조언이나 충고에 긍정적인 자세로 수용하려는 태도를 갖게 될 것이다.

청소년을 위한 사랑의 기술

이러한 부모 자녀간의 대화와 소통은 특별히 시간을 정해놓고 할 수 있는 것이 아니다. 주로 온가족이 모이는 식사시간이나 함께 집안일을 하게 되는 경우가 자연스럽게 이야기를 나누는 시간이 될 수 있다. 모든 가족들이 바쁘지만 적어도 일주일에 한두 번은 한 자리에 모일 수 있으니 결코 어려운 일은 아니다. 다만 마음자세가 문제이다. 부모 형제가 '내 일도 바빠 죽겠고 처리할 일이 한두 가지가 아닌데 철없는 아이들의 우는 소리나 들어 줄 시간이 어딨나'하는 생각을 한다면 애초부터 가족 간의 대화나 소통은 불가능할 것이다.

선주나 세미도 누군가 먼저 작은 관심을 보여주었더라면, 한순간에 모든 고민과 문제가 해결되지는 못하더라도, 죽음 외에 다른 해결방법이 있을 수 있다는 사실을 알고 함께 노력하는 시간을 갖게 되었을 것이다.

청소년들은 자기정체성이 형성되어 가는 과정이므로 모든 사물이나 가치에 대한 관념 역시 정립되지 못한 단계이다. 그래서 다른 사람의 비난이나 평가, 시선 등이 중요하게 느껴질 수 있는 시기이다. 그러나 타인에게 어떤 평가나 비난을 받는 것이 본인의 잘못이 아니라는 사실을 깨닫게 하는 것도 가족을 비롯한 주위 사람들이 해야 할 일이다.

주위의 누군가가 삶의 의지조차 꺾일 만큼 어떤 고민을 안고 있다면 주위의 또 다른 어른이나 전문가에게 알려 도움을 줄 수

있는 방법을 찾아보길 바란다. 만약 그런 절박한 고민의 주인공
이 바로 '나'라면 용기내어 부모님과 주위 분들에게 마음을 열고
진심어린 대화의 시간을 가져보기를 당부한다. 그동안 부모님이
나의 고민을 헤아리려 하지 않았다 해도 끝까지 침묵하지 말고
다시 한 번 더 손을 내밀어 보자. 어쩌면 부모님의 마음은 그렇
지 않은데 너무 바쁘고 힘든 일로 자녀에게 좀 소홀했을 수도 있
다. 자녀가 세상을 버리기를 바라는 부모는 이 세상 어디에도 없
다. 정말 절박한 선택을 하기 전에 반드시 크게 소리 내어 외치
는 용기를 갖자. '개똥밭에 굴러도 이승이 좋다'는 말이 있듯, 극
단적인 선택을 하기에는 우린 아직 너무 젊으니까!

문기는 얼마 전부터 함께 지내게 된 또래들과 변두리의 낡은 연립주택 지하 계단을 내려갔다. 그곳은 중학교 동창 재윤이의 소개로 오게 되었다.

"어…이제 오냐? 먹을 것 좀 사오라니까…!"

허름한 원룸 바닥에 여기저기 널 부러져 있던 너 댓 명의 남자 아이들이 인기척을 듣고 일어나 앉거나 몸을 뒤척이고 있었다. 아이들 주변으로는 꽁초가 수북한 재떨이와 빈 담뱃갑들이 소주, 맥주병들과 함께 어지럽혀져 있었다. 한눈에도 아주 지저분해 보이는 공간이었다. 그런 만큼 집안에는 퀴퀴하고 역겨운 냄새가 가득했다. 재윤이가 그곳에서는 대장이었다.

"어…그냥 새우깡하고…마실 거 조금밖에 못 샀어…돈이 다 떨어져서…"

문기는 백 팩을 열고 검은 봉지를 꺼내어 아이들에게 내밀었다.

"야…여기 입이 몇 갠데 겨우 요걸로…? 기별도 안 가겠다!"

"짜식, 우리 팸에 들어왔으면 방값은 해야 될 거 아냐?!"

"됐고…날도 저물었으니 내일부터 할 일을 찾아봐야지! 기수로 볼 때 문기가 제일 막내니까, 니가 생활비 좀 많이 대야 돼! 다른 막내 들어올때까지는 말야! 알겠지?"

아이들은 봉지를 뜯어 과자를 씹기 시작하며 저마다 이렇게 한마디씩 했다.

고등학교 1학년인 문기는 한 달 전 집을 나왔다. 그전까지 문기는 부모님, 동생과 함께 행복한 생활을 하고 있었다. 성적도 나쁜 편은 아니었고 가족들 모두 사이도 좋아서 특별한 불만이 없는 평범한 아이였다. 어느 날 새로 지은 집으로 이사를 하게 되어 버릴 물건들을 정리하고 집안 대청소를 하던 문기는 우연히 발견한 낡은 노트를 뒤적이다가 뜻밖의 사실을 접하고 말았다. 그것은 문기가 친아들이 아니라는 사실이었다. 문기가 발견한 노트는 바로 어머니의 옛날 일기장이었던 것이다.

'…시어머니가 나보다도 아이를 더 기다리신다. 어디 가서 데려오기라도 해야 할까…'

'자꾸만 그 눈동자가 생각난다…그동안 봉사하러 갈 때마다 안아주곤 했던 사내아이…'

'…남편도 생후 8개월밖에 안된 경수를 보고는 반해버렸다…

더 늦기 전에 마음을 굳혀야겠다’

‘…드디어 내일이다! 경수가 우리 아이가 되는 날이다. 아니지…이제부터는 문기라고 불러야지…우리 문기! 하늘이 맺어준 사랑스런 우리 아기…’

일기에는 어머니가 문기를 아들로 맞이하게 되기까지의 과정과 심리상태 등에 관하여 자세히 기록되어 있었다. 그것을 읽는 순간, 문기는 가슴이 덜컥 내려앉는 동시에 눈앞이 캄캄해지는 느낌을 받았다.

‘세상에…경수? 내가 원래는 경수였어? 내가 엄마 아빠의 친아들이 아니었다는 말이지?!’

구체적으로 자신의 위치에 대하여 생각하게 되자 무엇을 어떻게 해야 할 지 아무것도 알 수가 없어졌다. 다음에는 6세 터울의 동생 문재가 떠올랐다. 문재는 부모님이 진짜로 낳은 것을 문기는 너무나 잘 알고 있었다.

‘이제 어떻게 하지…친아들이 아닌 걸 알아버렸는데 어떻게 계속 같이 살아? 왜 처음부터 말하지 않았지? 나를 끝까지 속일 수 있다고 생각하셨나? 그동안 나를 보면서 어떤 생각을 했을까. 내가 없어도 문재가 있으니 아무 걱정 없을 거야…나를 속였어…불쌍한 아이 데려다 훌륭하게 키우는 봉사활동이라고 생각했을까…’

문기는 그동안 친부모라고 믿어 의심치 않으며 살아온 분들이

피 한 방울 섞이지 않은 남남이라는 사실에 적잖은 충격을 받았고, 그러한 사실을 지금까지 자신이 모른 채 살아왔다는 사실에 알 수 없는 배신감을 느꼈다.

그러나 가족들 앞에서 그런 내색을 할 수는 없었다. 며칠 동안 문기는 평소와 다름없이 생활하느라 몹시 힘들었다. 어느 날, 학교가 끝난 뒤에도 집에 가지 않고 근처 PC방에서 시간을 때우던 문기는 중학교 때 학교를 그만둔 친구 재윤이와 마주쳤다. 이미 가출까지 한 상태였던 재윤이는 언뜻 어른처럼 반질반질한 스타일을 하고 있었다. 그날 밤, 자의반 타의반으로 밤새 함께 술을 마시게 된 문기는 얼결에 자신의 고민에 대해 털어놓고 말았다.

"야! 그런 일로 뭘 고민 하냐…그냥 집 나와! 우리랑 같이 살자! 여럿이 함께 힘을 합쳐서 돈도 벌 수 있으니까 먹고 사는 건 아무 문제도 없어! 우리 '가출 팸'에 내가 데려가면 아무도 딴소리 못할 거야!"

재윤이는 너그럽고 화통하게 말했다.

"가출 팸?! 정말 그럴까? 도저히 엄마아빠 얼굴을 똑바로 못 보겠어…왠지 모르지만…늘 속으로 나를 가엾게 보고 있었을 거라는 생각이 들어…믿을 수가 없어…그렇게 날 속이다니!"

"야, 차라리 어설픈 가족보다 완전 남남끼리도 가족처럼 더 잘 살 수 있어! 다 같이 일하고 다 같이 나눠 먹는 거야…학교는

뭐 하러 다니냐? 나중에 검정고시로 해결하면 될 걸! 조금이라
도 일찍 사회생활을 시작해야 일찍 성공할거 아냐?!"

문기는 재윤의 이야기를 들으며 마음을 굳히게 되었다. 그길
로 문기는 집으로 돌아가지 않았다. 어색하고 불편한 집보다는
남남이지만 또래 아이들과 지내는 편이 차라리 마음 편할 것 같
았기 때문이다. 새로 발을 들인 가출 팸의 식구들은 처음에는 문
기를 환영해주었다. 그러나 문기의 현금카드에서 더 이상 인출
할 잔액이 없어지자 서서히 귀찮은 듯한 인상을 주었다. 계속 환
영받기 위해서는 어떻게든 돈을 마련해야만 했다. 그래서 문기
는 낮에 이런 저런 알바를 구해 적은 돈이라도 구해오곤 했다.
함께 일하고 함께 나눠 먹는다는 말은 제대로 지켜지지 않는 듯
했다.

가출한 지 한 달여가 넘어가자 문기는 서서히 지쳐갔다. 출생
의 비밀에 대한 충격으로 집을 나오긴 했지만 앞으로도 계속 그
곳에서 살아야 할지는 의문이었다. 그렇다고 해서 다시 집으로
돌아갈 생각도 없었다. 더 이상 부모님의 얼굴을 볼 수가 없을
것만 같았기 때문이다.

2011년도 경찰 통계에 잡힌 가출 청소년은 2만9천281명에 이
른다. 그것도 부모나 친권자가 신고한 경우일 뿐, 신고되지 않
은 가출은 제대로 파악할 수도 없다. 교육과학기술부가 파악하
는 학업 중단 청소년   의 수는 연 6만~7만 명 정도이

며 학업 중단이 해마다 누적되는 반면 복귀 비율은 14% 정도인 것을 감안하면 이 수치도 실제 가출 청소년 규모의 절반에도 못 미친다고 볼 수 있다. 15년 동안 한국청소년쉼터를 운영해온 담당자에 의하면 체험적으로 볼 때 가출 청소년은 적어도 현재 10만~20만 명에 달할 것이라고 한다.

과거 1990년대 말 IMF사태 이후 청소년 가출이 급증했으며, 경제위기에 따른 빈곤과 실업률이 증가함에 따라 그 수치도 증가한다는 통계가 있다. 그러나 현재의 청소년 가출은 그 외에도 여러 가지 원인으로 비롯되지만 그중에서도 부모와의 갈등이 가장 높다.

청소년들의 가출사유로 부모님과의 갈등이 가장 높은 것은 그들이 가정 내 문제를 상담하고 해결할 곳이 부족하다는 뜻으로 해석할 수 있다. 우선적으로 부모와 자녀간의 갈등은 가족 간의 대화를 통하여 해결책을 찾아야 하지만 현실적으로는 그렇지 못한 경우가 대부분이다. 그러다보니 청소년들은 해결되지 못하고 억눌린 감정들을 표출하는 방법으로 가출을 택하게 되는 것이다. 그러나 가출은 근본적인 해결책이 되지 못한다. 집을 나온다고 해서 부모와의 갈등이 해소되는 것이 아니며 더 큰 현실적 문제들을 떠안아야 하기 때문이다. 가출이 특히 문제시되는 것은 남자청소년보다 여자청소년들이 보다 쉽게 범죄와 유해한 환경에 노출될 수 있기 때문이다. 사회적 약자인 여성을 착취하고

청소년을 위한 사랑의 기술

이용하려는 나쁜 손들이 집밖으로 나서는 순간 쥐덫처럼 이곳저곳에 도사리고 있는 것이 현실이다.

최근에는 '가출 팸'이라고 하여 가출한 청소년들이 가족처럼 모여 집단생활을 하기도 한다. 그들은 스스로가 가족이라고 이야기 하지만 그 역시 결코 발을 들여서는 안 될 무모한 도전이 될 뿐이다.

위의 이야기 속 문기 역시 가정문제로 가출하게 된 경우이다. 친부모인줄 알았던 엄마 아빠가 자신을 입양하였으며 피한방울 섞이지 않은 남남이라는 사실에 매우 큰 충격을 받았다. 문기에게 평화와 행복의 낙원이었던 가정은 그런 사실을 안 순간부터 지옥이 되고 부모님은 배신자가 되어버렸다. 친자식이 아닌데도 그것을 숨기고 잘해준 것이 마치 위선처럼 생각되며 그런 사실은 당사자에게는 매우 큰 충격이 될 듯하다. 때문에 한 집안에 같이 머무르는 것도 얼굴을 마주 대할 마음도 들지 않게 된 것이다.

결국 고민 끝에 문기는 집을 나가기로 결심하고 친구를 따라 가출 팸에 들어가게 되었다. 그로써 모든 문제가 해결되었다면 얼마나 좋을까. 하지만 문기는 작은 웅덩이를 피하려다가 더 큰 늪에 빠져든 것일 수도 있다.

그렇다면 보다 현명한 해결책이 있지 않을까 생각해보자. 문기의 충격과 당혹스러움을 우리는 모두 짐작하지만 당사자가 받은 느낌의 강도에는 비할 수 없을 것이다. 문기의 행동이 어느 정도 이해는 가지만 감정적으로 행동하기보다 좀 더 신중하게 시간을 가졌다면 결과가 달라졌을 것이다. 한동안은 혼란스럽겠지만 자신의 감정이 진정되기를 스스로 기다린 후 차분하게 부모님과 대화의 시간을 갖는 것이다. 출생의 비밀에 대하여 알게 된 경위와 그로 인한 심정을 이야기하고 부모님의 충분한 설명을 듣고 감정을 나누는 시간이 필요하다. 만약, 부모님이 아들의 입양사실을 애초부터 숨기지 않고 공개했더라면 이런 후유증은 없었을 것이다. 그러나 부모님 고민 끝에 그런 결정을 내렸으니 결과적으로 아들에게 상처를 준 것 같아 몹시 안타까워할 것이다.

문기는 부모에게 배신감과 허탈감을 충분히 느낄 수 있으나, 정말 자신에게 중요한 것이 무엇인지 차분히 생각해보는 시간이 필요하다. 부모님이 자신을 입양하여 제대로 양육하지 않았다면 모를까, 현재로서 문기는 가정적으로 아무런 불만도 없는 상태였다. 결국 부모님은 진심으로 열과 성을 다해 문기를 자신들의 자녀로 받아들이고 살아온 것임을 이해할 수 있어야 한다. 또한 자신을 낳아준 부모도 중요하지만 그토록 정성껏 키워준 부모역시 소중한 부모임을 이해해야 한다. 낳은 정보다 기른 정이 더 애틋하다는 말처럼 낳아놓고도 책임지지 못하는 사람들보다는 비록 낳지는 않았어도 최선을 다해 양육하는 마음이야말로 어느

청소년을 위한 사랑의 기술

친부모 못지않음을 헤아려야 할 것이다.

가출은 결코 바람직한 해법이 아니다. 지금이라도 집으로 돌아가 부모님과 허심탄회한 대화를 갖고 서로의 마음을 나누는 시간이 필요하다. 최고의 아들로 잘 지내던 아이가 하루아침에 집을 나갔을 때 그 부모님은 어떤 심정일까 짐작해보자.

과거의 나는 세상에 태어나자마자 버려졌으나 좋은 부모님에 의해 좋은 삶을 살게 되었다. 앞으로의 나는 과연 어떤 삶을 살고 싶은지 생각해보자. 그저 출생의 비밀을 알게 되어 좌절하고 앞으로의 인생을 거리에 내동댕이치고 싶은지, 아니면 그 아픔을 딛고 다시 일어서 부모님과 진정한 가족으로 다시 한 번 거듭나는 기회를 삼고 더욱 분발하여 꿈꾸어 온 미래의 멋진 나로 성장하고 싶은지!

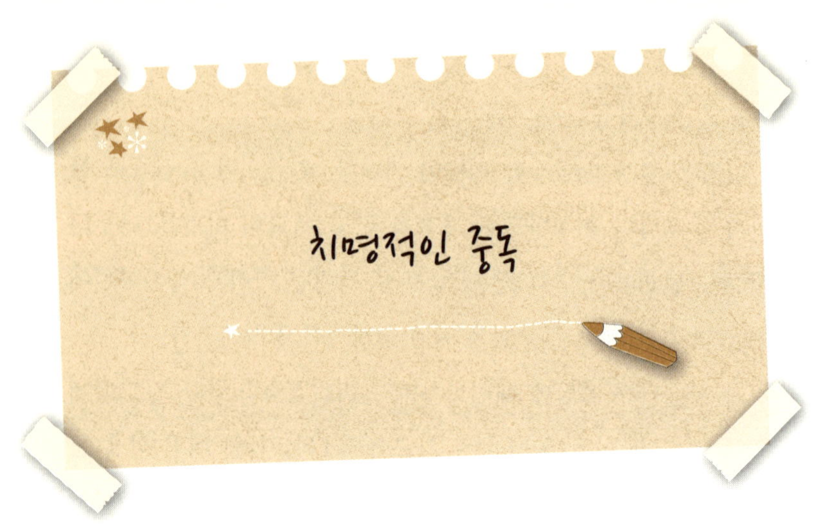

"야 임마! 정상호! 이 녀석! 밤새 여기 있었냐?"

누군가 부르는 소리에 멍한 눈을 게슴츠레 껌벅이던 상호는 깜짝 놀라고 말았다. 드디어 올 것이 온 것이다.

"당장 일어나! 학교도 안 가고 이제 아예 여기서 게임이나 할래? 어휴~!"

아버지는 이틀 만에 집에서 좀 멀리 떨어진 PC방에서 아들을 발견하여 일으켜 세우며 한숨을 지었다. 종종 독서실에서 공부하고 온다며 밤늦게 들어오긴 했지만 상호가 이번처럼 며칠씩 집에 돌아오지 않은 적은 처음이었기에 가족들은 적잖이 당황했다. 그러나 결국 찾아낸 곳이 PC방이고 보니 가족들은 허탈함을 감출 수 없었다.

"아~ 알았어요…안 그래도 돈 떨어져서 더 있을 수도 없어요…”

상호는 그러면서도 아쉬운 듯 이틀 동안 앉아있던 자리를 돌아보았다.

고등학교 2학년 상호가 컴퓨터 게임에 빠진 것은 얼마 전부터였다. 학업성적이 잘 오르지 않자 친구들을 따라 한 번 가본 PC방에서 온라인 게임을 우연히 접한 뒤 자신도 모르게 게임에 빠져든 것이다. 이번에 게임을 하느라 이틀이나 머물렀다는 사실도 나중에야 알게 되었다.

‘시간가는 줄도 몰랐네…한 몇 시간정도 지난 것 같은데 벌써 이틀이나 지나다니…! 헐…’

그 일로 상호는 컴퓨터 게임을 하지 않겠다고 부모님과 선생님께 약속했으나 그 약속은 하루도 지나지 못하고 바로 깨져버렸다. 눈만 감으면 게임 화면이 눈앞에 어른거렸고 환상 속에서조차 이기기 위해 전전긍긍했다. 상호는 다시 몰래몰래 게임을 이어갔다. 밤을 새지 않도록 노력하느라 게임하는 시간동안에는 더욱 놀라운 집중력을 발휘하게 되었다.

어느덧 상호는 자신이 거머쥘 수 있는 대부분의 타이틀을 획득하기에 이르렀다. 그러자 게임보다 좀 더 자극적인 것들을 찾아 기웃거리게 되었다. 사실 컴퓨터를 켜면 수 없이 열리는 팝업창들은 사춘기 고등학생 상호의 호기심을 자극하기에 충분한 것들이었다. 어느 날 상호는 정신없이 열리는 여러 선정적인 팝업창 가운데 하나를 호기심에 클릭하였다. 그때부터 상호는 또 다른 블랙홀 속으로 빨려 들어가는 기분을 맛보게 되었다.

물론 그전부터 짤막한 야동이나 화보 등을 본적은 있지만 이는 그보다 더욱 화끈하고 강렬한 느낌이 있었다.

‘아…이게 뭐지…아…죽겠네…누가 보면 어쩌지…’

처음엔 강렬한 호기심과 함께 누가 보면 어쩌나 하는 두려움 때문에 온몸이 벌벌 떨릴 지경이었다. 그럼에도 뇌에서는 알 수 없는 쾌감이 느껴졌다. 극렬한 두려움과 호기심 사이에서 상호의 심장은 미칠 듯이 펄떡거렸다.

그로부터 상호는 부모님과 누나의 주민번호를 훔쳐 써가며 아예 음란물을 찾아 가상공간을 헤매다니는 병든 하이에나가 되었다. 게임할 때의 집중력이나 쾌감과는 비교도 되지 않을 정도였다. 가족들이 알게 될까봐 조심하느라 PC방 대신 자기 방에 틀어박혀 지냈다.

“우리 상호가 이제 마음을 잡았구나? 좀 쉬어가며 공부를 해야지…!”

아버지는 책상 앞에만 붙어있는 아들이 대견한 듯 이렇게 말했다.

상호는 학교에서도 집에서도 머릿속으로는 온통 음란한 화면들을 좇고 있었다. 눈을 감아도 책을 보아도…선생님께 야단을 맞을 때조차도 생각은 완전히 다른 곳을 헤매고 있었다. 어느새 상호는 아무런 의욕도 없이 컴퓨터 앞에만 앉아 있곤 했다. 그러다 보니 늘 넋이 나간 사람처럼 멍한 눈을 하고 헛소리를 중얼거리거나 이상한 행동을 하기 시작했다. 때로는 아주 나쁜 상소리가 불쑥불쑥 입에서 튀어나오기도 했다. 무의식중에 음란한 표현을 하게 되면 상대방은 물론 스스로도 깜짝 깜짝 놀라곤 했다.

어느 날 새벽, 상호 방에서 불빛이 새어나오는 것을 본 어머니가 살며시 다가가 보았다. 문틈으로 안을 들여다본 어머니는 몹시 당황하여 비명을 지르고 말았다.

"어머나, 세상에—!"

상호가 어둠속 푸르스름한 컴퓨터 화면의 음란한 장면을 바라보며 자위행위를 하고 있었던 것이다.

어머니에게 그런 현장을 들킨 상호는 쥐구멍을 찾아 들어가고 싶은 생각에 어쩔 줄 몰랐다.

'아——끝장이다…! 어쩌면 좋지? 어휴…내가 미친 거야…내가 미쳤어…!'

그일 로 가족들은 전부 상호를 이상하게 바라보는 것 같았다.

"다시는 안 그럴게요…죄송해요…"

상호는 가족들 앞에 이렇게 약속했다. 그럼에도 그 중독증상은 쉽게 사라지지 않았다. 길을 가다가도 노출이 심한 차림의 여자들을 보면 이전에 본 장면들이 머릿속에 떠오르며 흥분되는 것이었다.

'정신병자 녀석…미친 거 아냐?!'

누나도 이렇게 말하고 싶은 것이 역력한 표정으로 자신을 보는 것만 같아 죽고 싶었다. 그러면서도 상호는 사람들의 눈을 피해 또다시 더 먼 곳의 PC방을 찾아 나서기 시작했다.

우리는 눈을 뜨면 잠들 때까지 수많은 이미지와 볼거리의 홍수 속에 살고 있다. 온라인게임 역시 인터넷의 보급과 함께 등장한 새로운 놀이이다. 컴퓨터를 이용해 온라인으로 연결된 수많은 게이머들과 가상의 공간에서 어떤 공통의 목표를 향해 나아가는 것, 그 과정에서 중독현상이 나타날 수 있다.

야한 동영상, 성인 동영상이라고 불리는 음란물의 범람 역시 컴퓨터/인터넷의 대중화와 함께 나타난 부정적 현상이다. 사람들은 늘 새롭고 자극적인 볼거리를 추구한다. 그러다보니 음란물을 유통시키고 그 과정에서 수익을 추구하는 불법적인 행위들이 넘쳐나게 되었다. 온라인상에서 넘쳐나는 게임이나 음란물은 자극적인 관계성과 황홀한 이미지들이 끝없이 이어지기 때문에 중독에 쉽게 빠질 수 있다. 아무리 재미있는 소설책이라도 끝이 있게 마련이지만 이런 이미지들은 끊임없이 뇌를 자극함으로써 다른 생각을 하지 못하게 차단하고 오로지 보이는 것에만 몰두하게 만든다. 인간의 뇌는 자극에 반응하게 마련인데 처음에는 작은 자극에도 쉽게 반응하나 점점 자극의 강도가 커져야 만족감을 느낀다. 만족을 느끼기 위해 계속해서 더 큰 자극을 찾게 되는 이유다.

중독의 시작은 호기심이다. 세상을 바꾸는 힘 역시 호기심이다. 호기심이 긍정적으로 작동할 때는 세상을 바꾸는 놀라운 창조의 원동력이 되지만, 이와 같이 부정적으로 활성화될 때는 정반대의 결과를 불러오는 것이다.

현재 우리 청소년들에게는 게임뿐 아니라 음란물 중독이 주요 고민거리가 되고 있다. 음란물 중독이 왜 위험한가. 단순히 더 큰 자극을 찾아 빠져드는데서 그치지 않고 성범죄의 원인이 될 수 있기 때문이다. 계획적으로 만들어진 음란물은 올바른 성의식이 확립되지 않은 청소년들에게 '여자는 남자가 마음대로 다루어도 된다'는 식의 왜곡된 도덕관념을 주입하게 된다. 성폭력 가해 청소년들의 31%가 온라인을 통하여 성에 관한 정보를 습득하며 이를 모방하게 된다. 가상세계에서 학습한 그 정보들을 현실세계에서 실행에 옮겨보려는 충동이 일어나며 그 과정에서 폭력이나 살인 등의 범죄가 발생하기 때문이다.

이야기의 주인공 상호 역시 게임과 음란물 중독 상태이다. 처음엔 온라인 게임에 빠져 정신을 못 차리고 빠져들었다. 집에도 학교에 가는 것도 잊어버릴 만큼 중독이 되어버린 것이다. 그러다 게임에 식상함을 느낄 정도가 되어버리자 그보다 더 강한 자극으로서의 음란물을 찾기 시작했다. 처음에는 당혹스러웠으나 시간이 갈수록 그 강렬한 자극에 중독되고 말았다. 결국 일상생활이 불가능할 정도로 빠져들게 됨에 따라 더 이상 스스로를 제어할 수도 없게 된다. 어머니에게 그 현장을 들키고 나서야 자신이 어디까지 갔는지 알게 되지만 쉽게 중독되는 만큼 결코 빠져나오기는 쉽지 않은 상황이 되어버렸다.

이제 상호는 어떻게 그 깊은 수렁에서 빠져나올 수 있을까.

상호역시 아직 도덕적 관념이 확립되지 않은 상태에서 주로 여성을 도구화/상품화 하는 음란물을 접하는 것은 매우 위험한 경험이다. 그로인해 인간에 대하여 매우 잘못된 가치관을 갖게 될 우려가 높기 때문이다. 그렇다면, 인터넷이나 불법미디어를 통해 은밀하게 성에 대해 눈뜨기 전에 가정과 학교에서 먼저 건전한 성지식을 알려주는 노력이 중요할 듯하다. 또한 성에 대한 지식은 학교에서 전달하더라도 올바르고 건전한 성에 대한 가치관은 가정 내에서 부모에 의해 이루어지는 것이 바람직하지 않을까. 기본적으로 다른 사람에 대한 존중심과 남녀의 중요한 역할에 대해 알려주며, 인간은 자신의 욕망을 충족시키기 위한 도구가 될 수 없다는 점을 이해시킴으로써 올바른 성 관념을 갖도록 이끌어야 한다.

거의 매일 빠져있던 음란물에 대한 생각에서 상호가 하루아침에 빠져나오기는 힘들 것이다. 첫 단계로는 그것에서 매일 한 걸음씩만 뒤로 물러나는 연습을 해보자. 그럼으로써 서서히 생각하는 시간을 줄이고 보다 건설적인 다른 일에 시간을 활용하

청소년을 위한 사랑의 기술

도록 노력해야 한다. 그것은 단지 부모나 친구, 선생님의 비난을 듣는 것이 무서워서 고쳐야 할 것이 아니다. 늘 그것에 빠져 지낸다면 정신적으로 황폐화될 뿐 아니라, 왜곡된 채로 고착된 성 관념을 갖게 되어 타인을 바라볼 때 '저 사람도 그런 짓 하겠지…저 사람도 그런 거 좋아할까…저 여자랑 직접 해보고 싶다…'와 같은 생각을 할 수 있다. 그런 신념은 결국 앞으로의 사회생활 자체가 뒤틀릴 수 있는 단초가 되고 더 나쁘게는 성범죄로 이어질 우려도 매우 커지기 때문이다. 그러나 스스로의 노력이나 의지력만으로는 치료가 쉽지 않으니, 적극적으로 전문상담기관의 도움을 받아 극복하도록 노력해야 한다.

아이에서 어른이 되기 위해 반드시 거쳐 나가야 할 청소년기는 혼란과 호기심, 열정이 넘치는 시기이다. 대부분의 청소년들이 어쩔 수 없이 온라인 게임과 성인 음란물에 노출되는 경험을 하게 된다. 이미 우리 사회에 만연한 개방적인 성의식과 성문화 때문에 더욱 그런 부정적인 경험들도 범람하게 되었으리라. 쓰나미처럼 밀려오는 상업적이고 왜곡된 성문화 홍수 속에서 우리 청소년들이 건전하게 헤쳐 나가기 위해서는 '인간을 참된 의미로서의 인간으로 존중하고 배려할 수 있는 올바른 가치관'을 갖도록 충분한 대화와 사유의 시간을 공유하려는 노력이 어른들에게서부터 비롯되어야 할 것이다. 뛰어난 성적이나 사회적 성공보다 더욱 중요한 것은 '인간에 대한 존엄성을 이해하고 스스

세상에 없는 세계

로와 타인에 대한 진정한 애정을 터득하는 경험'들을 쌓는 것

이 아닐까.

경미는 방에서 혼자 공상하는 취미가 있다. '내가 ○라
면…지금 여기가 ○라면…' 경미는 늘 상상의 나래를 펼
치며 그 속에서 아름답고 멋지게 변신하는 자신의 모습에 기쁨
을 느끼곤 했다. 그래서 어느 때는 현실이 거짓인지 아닌지 헷갈
리기도 하고, 슬그머니 꺼낸 거짓에 대한 상대방의 반응이 만족
스러울수록 더욱 더 논리정연하게 이야기를 꾸며내기도 한다.

"지난 겨울에 유럽여행 갔다 왔어! 엄마아빠랑 9박 10일 동안
프랑스, 이태리, 스페인까지 쫙 돌았지! 겨울 유럽은 얼마나 운
치 있는지 몰라!"

경미는 이렇게 친구들에게 지난 겨울방학 중의 일을 이야기
했다.

"우와! 멋지다…난 언제쯤 유럽에 가보냐…기껏해야 미국에

어학연수 받으러 몇 번 간 것 뿐인데…”

“여행은 역시 유럽이지! 우리 아빠도 북유럽으로 출장 자주 가시는데…나도 다음번엔 꼭 데려가 달라고 해야지!”

“부럽다 경미야! 다음 방학 때 또 어디 가니?”

반 친구들의 부러움을 받으며 경미는 의기양양하게 대답했다.

“응~ 담번엔 아마 남극여행을 갈지도 모르겠어! 아니면 아프리카 초원이라든가…”

중학교 3학년인 경미의 이야기는 언제나 친구들의 부러움을 샀다.

“참 경미야, 너 샤이니의 태민이랑 친척이라 그랬지? 사인 좀 받아다 줘!”

친구 은아가 예쁜 편지지를 한 장 내밀며 이렇게 말했다.

“맞아, 태민이 본명이 김태민이고 우리 고모 아들이야~ 사인은 뭘…촌스럽게…글세, 오빠가 하도 바빠서 만날 수나 있을까 모르겠다…해품달에 나온 김수현 있잖아? 울 엄마 친구 아들이야! 그래서 얼마 전에 엄마 따라 그 집에 갔다가 김수현이랑 같이 밥도 먹었어~ ”

경미가 이렇게 대꾸하자 은아는 애원하듯 말했다.

“으~~제발…나도 태민이 얼굴 한번만 실제로 보면 소원이 없겠는데…”

“우와~ 김수현이랑 밥을 같이 먹었다고? 그것도 걔네 집에서? 완전 부럽다~~”

은아를 비롯한 반 친구들은 엄마친구 아들이라는 탤런트 김수현과 밥을 먹고 샤이니 멤버와 친척이기도 한 경미를 부러운 눈길로 바라보며 괜히 잘 보여야 할 것 같은 표정으로 경미 주위를 떠나지 못하고 있었다.

그러나 한편에서는 의심스러운 눈길로 경미를 바라보는 아이들도 더러 있었다.

“쟤 정말이야? 믿을 수가 있어야지…”

“만 날 구라만 치는 거 같아…”

며칠 뒤, 방과 후 진로상담 시간이 되었다. 선생님은 이미 학생들에게 부모님과의 면담시간을 알려주었고 경미와 부모님의 상담순서가 되었다.

“어? 왜 너 혼자야? 어머니 아님 아버님이라도 오셔야 되는데…?”

담임선생님이 경미에게 물었다.

“저희 부모님이 지금 외국에 계셔서요…아버지는 출장 때문에 암스테르담에 가셨고요. 어머니는 이모가 사시는 뉴욕에 가셨거든요…”

“그래? 언제 가셨는데…너 진로상담 안 해도 돼? 니가 마음대로 결정해도 되냐? 어머니는 언제 오시냐?”

경미는 하는 수없이 어머니가 귀국하는 대로 진로상담을 진행하기로 하고 교무실을 나섰다. 복도에는 보호자와 함께 순서를 기다리는 친구들이 서성이고 있었다. 경미는 아이들에게 손을 흔들어 보이고는 밖으로 향했다.

그때 같은 반 친구 초희와 효진이가 다가와 결심한 듯 이렇게 물었다.

"야 너 왜 그렇게 약속을 안 지키니? 우리랑 지난 일요일에 로데오거리에서 만나 쇼핑하기로 했었잖아? 근데 왜 안 나왔어?"

"아참, 깜박 잊었네…미안해…다음번엔 내가 꼭 맛있는 거 사줄게…"

경미가 이렇게 달래보았으나 초희가 더욱 발끈했다.

"야, 너 되게 웃긴다. 로데오거리 가서 쇼핑하자고 한 것도 너였어! 그것도 그전에 같이 영화 보러 가기로 한 거 니가 빵꾸 내서! 만날 약속만 하고 어떻게 한 번도 제대로 지키는 적이 없냐?"

"아, 미안해…지난주에는 집에 손님들이 오셔서…야외 바비큐랑 가든파티 준비 때문에 나도 도와야 했거든…"

경미가 정말로 미안한 듯 이렇게 말했으나 효진이는 갑자기 비웃는 듯한 목소리로 말했다.

"정말이야? 그전에도 넌 약속해놓고 어기고서는 꼭 딴소리 하더라!? 도대체 믿을 수가 있어야지! 초희야, 너 경미네 집 가봤어? 정말로 쟤네집 수영장 딸리고 가든파티하게 드넓은 잔디밭

이 있는 3층짜리 대저택이니? 자가용도 몇 대씩 있고, 일하는 사람도 몇 명이나 되고?!"

"그게 무슨 소리야?…가보진 않았지만 경미가 없는 말을 하겠니?"

초희가 의아한 얼굴로 되묻자 효진이는 작정한 듯 말을 이었다.

"태민이랑 친척이라느니 대저택에 살고 유럽여행을 갔다 왔느니…직접 본적이 없으니 아무래도 난 믿을 수가 없어…니네 부모님 지방에서 벽돌공장 일한다는 소리를 들은 거 같은데! 이젠 아무래도 난 니가 믿어지질 않으니 어쩌냐…"

"니들이 뭘 안다고 야단이야? 살다보면 약속을 못 지킬 수도 있는 거지. 그걸 가지고 이렇게까지 몰아붙일게 뭐니? 정말 웃긴다. 흥!"

효진이의 말에 경미는 발끈하여 쏘아붙이고는 서둘러 걸음을 옮기기 시작했다. 뒤돌아보지 않고 앞만 보고 걸어가는 경미의 뒤통수는 누군가의 손길에 끌어당기는 듯 제자리걸음만 하는 느낌이었다. 사실은 경미 스스로도 자신을 이해할 수 없기는 마찬가지였다.

거짓말이란, 사실이 아닌 것을 사실인 것처럼 꾸며 이야기하는 것이다. 늘 사실만 이야기하고 거짓이 아닌 진실을 따르는 것이 바람직하지만 살다보면 뜻하지 않게 거짓말을 해야 하는 경우도 생기게 마련이다. 경우에 따라서는 좋은 의도로, 혹은 잠깐의 위기를 모면하기 위하여 불가피하게 하게 되는 것을 하얀 거짓말이라고도 한다. 그러나 그런 경험이 반복되고 사람들이 점점 거짓말을 진실로 착각하고 믿어주기 시작하면 그 사람은 거짓말에 재미를 느끼게 된다. 그러다보면 거의 습관적으로 거짓말을 하게 되는데 나중에는 자신의 신분에 관한 것조차 거짓으로 화려하게 꾸며내어 타인을 현혹하는 지경에까지 이르기도 한다. 이처럼 거짓말이 일상이 되어버린 사람들은 대체로 자신감이 부족한 경우이다. 자신의 모습, 조건, 능력 등등 현실의 모든 것이 마음에 들지 않고 열등감을 느낄 때, 어느 순간 조금씩 과장해서 이야기하다보면 자기 스스로도 그것이 진짜라고 믿어버리는 일이 일어나게 된다.

수년전 우리 사회를 떠들썩하게 만들었던 학력위조사건이 있다. 그 사건의 장본인은 위조된 학력을 스스로 진실이라고 믿으며, 믿는 대로 행동하는 데까지 이르렀다. 결국 그 파장은 일파만파로 확산되어 학력지상주의 사회에 경종을 울리는 계기가 되기도 하였다.

위의 이야기 속 경미는 주위 친구들이 부러워하는 가정환경을 가졌다. 남부러울 것 없는 가정환경에다 잘 아는 연예인도 많으니 친구들은 경미가 늘 부러울 뿐이다. 경미는 그 모든 것을 진짜라고 믿고 이야기한다. 경미는 평소에 공상을 좋아하는 소녀이다. 사춘기는 늘 상상의 나래를 펼치고 공상의 세계에서 무엇

청소년을 위한 사랑의 기술

이든 이루는 꿈을 꿀 수 있다. 현재는 그렇지 않지만 만약 내가 부잣집 딸이라면 어떨까…에서 시작된 공상은 어느새 자신의 입을 통해 걷잡을 수 없이 화려한 옷을 입고 날아다닌다. 연예인이 되고 싶다는 꿈은 유명연예인과 친척이라느니 하는 식으로 비약하게 되었다. 이러한 몽상은 어느새 나의 마음속에서는 나의 실제와 동일시되어 친구들이나 누구에게나 거리낌 없이 이야기하게 되어버렸다.

경미 역시 아무래도 자신의 현재 모습에 자신이 없기 때문에 거짓말을 하게 되었다. 부잣집 딸이 아닌 자신은 친구들에게도 왠지 당당하지 못하게 느껴지고 사람들에게 관심도 사랑도 받을 자격이 없다고 생각되기 때문이다. 그래서 하나둘 시작한 거짓말에 살이 붙어 더 이상 되돌릴 수 없을 정도로 나아갔고 친구들에게는 물론 선생님, 그 외 누구에게라도 모든 것이 거짓인 채로 사실인 듯 이야기하는 지경에 이르게 되었다. 그러면서도 죄책감도 느끼지 못한다. 거짓말이 지나치면 '공상허언증'이라는 정신과 질환으로 발전할 수도 있다. 거짓말은 어릴 때 손상된 자존감 때문에 타인들로부터 인정받으려는 심리가 물질이나 다른 것으로 대체하려는 마음에 의해 나타날 수 있다.

그렇다면 경미는 어떻게 거짓말하는 버릇과 약속을 지키지 않는 버릇을 고칠 수 있을까.

먼저 거짓말하는 버릇을 고치기 위해서는 의도적인 노력이 필요하다. 거짓말을 멈추고 솔직한 자신의 모습을 사랑하도록 노력해 보자. 자신의 참 모습에 자신이 없다고 해서 거짓말로 꾸며 포장하는 것이 언제까지 가능하겠나. 가끔씩 경미도 자신의 거짓이 정도가 지나친 것은 아닌지, 이제는 그만 거짓말을 멈추고 싶은 생각도 들것이다. 그럼에도 이제까지 늘어놓은 거짓말들을 어떻게 수습해야할지 방법을 몰라 스스로도 난감해 하고 있을 것이다. 친구를 사귀는 데는 그의 환경이나 재물이 조건이 될 수 없다. 어려움에 봉착했을 때 진심으로 위로하고 도움을 주며 기쁜 일이 있을 때 함께 진심으로 기뻐해주는 존재가 친구이다. 거짓으로 쌓아올린 탑은 한순간의 바람에 스러져버릴 수 있음을 기억하고 자신의 존재를 거짓으로 꾸며 과시하려는 노력을 멈추어야 한다.

경미는 약속도 잘 지키지 못한다. 그것은 어쩌면 거짓말의 연장이 아닐까. 늘 거짓된 말을 하다 보니 사람사이의 약속에 대한 진정성이 부족한 것이다. 약속은 꼭 지켜야 한다는 관념이 부족하다보니 약속을 지키려는 생각을 끝까지 유지하지 못하는 것이다. 약속을 지키지 못하는 사람 역시 다른 사람에게 신뢰를 얻을 수 없다. 약속은 지키기 위해 하는 것이지만 부득이하게 어기게 된다면 미리 알려 양해를 구해야 한다. 아무런 말도 없이 약속을 지키지 않는 것은 거짓말을 하는 것과 같다. 거짓말을 하지 않게 되면 약속도 제대로 지키게 될 것이다.

남들에게 내가 어떻게 보이는가에만 큰 의미를 두고 정말 가치 있는 내면에 대해서는 관심을 두지 않는 오늘날 우리 사회의 병리현상에 의해 자신의 모습을 좀 더 멋지게 포장하려는 심리가 발동된 것이다. 이왕이면 좀 더 그럴듯해야 사람들의 관심도 끌 수 있고 멋져 보이기도 하니까.

하지만 그것은 순간의 착각에 불과하다는 점을 기억하자. 더 많은 사람들은 물질이나 겉모습보다는 보이지 않는 내면의 가치가 더 중요함을 알고 있다. 지금부터라도 솔직한 나 자신의 모습을 사랑하고 인정하는 연습을 시작해보자. 거짓은 진실을 이길 수 없으니까.

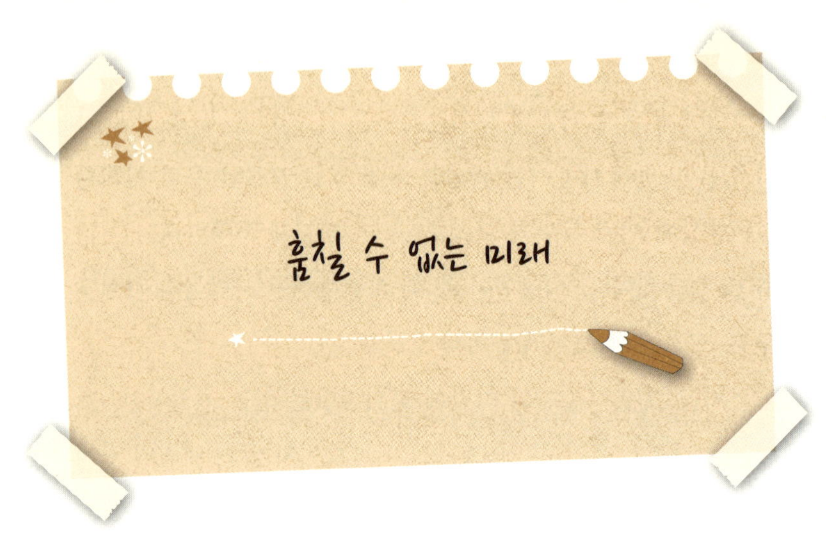

"주머니에 든 거 다 꺼내놔 봐! 누가 제일 잘 훔쳤나보자!ㅋㅋ~"

형민이가 먼저 맥주 캔을 열어 입으로 가져가며 말했다. 그에 따라 아이들은 부스럭거리며 각자의 주머니에서 자잘한 물건들을 꺼내었다. 샤프, 볼펜, 메모지, 햄통조림, 껌 한통, 작은 명함지갑 등등…아이들은 한 번씩 학교 근처 상가를 돌며 이렇게 이것저것 손에 잡히는 대로 슬쩍하곤 했다.

"오늘은 형주가 제일 큰 걸 했네?"

햄이 든 캔을 집어 들며 준수가 웃었다. 고등학교 1학년 같은 반 친구들인 형민이와 준수, 형주, 선호와 민기는 늘 함께 몰려다니며 이렇게 놀았다. 집에는 학원에 다닌다고 이야기해놓고 틈만 나면 어울려 다녔다.

그날 오후 해가 저물 때까지 전리품을 챙긴 아이들은 형주네 집 근처 비어있는 낡은 공장으로 몰려가 술을 마시기 시작했다. 그곳은 철거직전의 건물로 사람들이 접근하지 않는다는 장점 때문에 아이들의 아지트가 되었다. 부서지고 깨어진 건물 내부, 그나마 비바람을 피하기 적당한 공간에서 아이들은 캔 맥주를 마시고 담배를 나누어 피우며 자기들만의 시간을 만끽했다. 집으로 돌아갈 때까지는 서너 시간 정도 여유가 있었다.

"난 가끔 엄마 방에 들어가서도 뭐 훔칠 거 없나 하고 두리번거린다…ㅋㅋ"

선호가 담배연기를 내뿜으며 이렇게 말했다.

"나도 그래! 마트에 가도 마음에 드는 게 있으면 일단 주머니에 슬쩍 하게 된다니까!"

민기도 맥주를 한 모금 홀짝거리며 맞장구를 쳤다.

"어휴~ 난 떨려죽겠어! 나도 뭘 보면 자꾸 주머니에 넣지, 근데 그 순간 왜 그렇게 떨리냐! 심장이 밖으로 튀어나오는 거 같아! 바운스 바운스~!"

형주가 술안주 삼아 햄을 씹으며 이렇게 킬킬거렸다. 그때 선호가 심하게 기침을 시작했다. 선호는 초등학교 5학년 때부터 담배를 피운, 이미 오래된 흡연자였다. 누군가 담배를 끊어볼 생각 없냐고 묻자 이렇게 대답했다.

"…이젠 하루도 니코틴을 흡입하지 않으면 죽을 거 같다니까…크크…내가 공부에 집중을 못하는 것도 다 이것 때문이야!"

그러면서 선호는 새 담배에 다시 불을 붙이기 시작했다.

아이들은 학교에서도 쉬는 시간이나 틈이 나는 대로 몰래 몰래 담배를 피우곤 했다. 여럿이다 보니 몇 명씩 짝을 지어 망을 봐주는 식으로 가능했던 것이다.

"야…나는 술 담배 끊고 싶어…그리고 도둑질하는 것도 이제 그만 하고 싶다…자꾸 하다보니까 습관이 되는 것 같고…나중엔 어떤 사람이 되려고 이러나 하는 생각이 들어…"

민기가 갑자기 이렇게 입을 열자 아이들은 서로 얼굴을 쳐다보았다.

"뭐야? 개과천선이라도 하겠다고? 담배는 이제 못 끊어. 술이야 안 마시면 되겠지…근데 도둑질이 뭐냐, 그냥 좀 나누어 쓰는 건데, 뭘 이상한 생각을 하고 그래?"

형주가 이렇게 민기를 설득하려 했다.

"너희들이 제일 친한 친구들이라 같이 다니기는 하지만 도둑질은 이제 그만했으면 좋겠다…너희도 생각 좀 해봐…"

민기도 다른 친구들을 이해시키려 노력했다.

"아— 됐고! 너 하기 싫으면 그냥 빠지면 될 거 아냐!? 가진 자들의 것을 못가진 자들이 좀 나눠 쓰자는데, 얼마나 스릴 있고 재미있냐? 싫은 놈만 빠져!"

얼마 후 아이들은 지역의 사회복지기관에 봉사활동을 나가게 되었다. 노인요양보호시설에서 밀린 청소와 빨래 따위를 돕고 오래된 병으로 요양중인 환자들의 말벗이 되어주는 것이 아이들의 할 일이었다.

잠시 동안 제 구역에서 열심히 일을 하던 아이들이 하나둘 요양원 건물의 후미진 구석으로 모여들었다. 아이들은 잠시 후 햇빛을 등지고 둘러서서 담배를 피우기 시작했다. 그때 형민이가 주머니에서 무언가를 꺼냈다.

"이거 봐, 어떤 할머니 방 청소하다가 주었어. 침대 아래쪽 구석에 떨어져 있더라…"

그것은 만 원짜리 몇 장이 꼬깃하게 접힌 뭉치였다. 아이들은 눈이 휘둥그레졌다.

"어…이거 훔쳐도 되나? 병든 할머니 거라며…?"

옆에서 망을 보고 서있던 민기가 물었다.

"훔치다니, 이건 훔친 게 아니고 바닥에 떨어진 걸 주운 거야…!"

형민이가 변명처럼 대답했다.

아이들은 저마다 그게 훔친 건지 아닌지에 대하여 이야기하기 시작했다. 아이들은 이미 술과 담배에 익숙해져 있었고 함께 다니며 남의 물건을 훔치는 일에도 익숙해져버렸다. 그 순간에 잡힐지도 모른다는 두려움이 없지 않았지만 곧이어 즐거움을 느끼기도 했다.

‘견물생심’이라는 말이 있듯이 어떤 물건을 보면 갖고 싶다는 욕구를 느끼는 것은 인간의 자연스러운 본능이다. 그럼에도 그런 욕구를 제어하는 것은 이성이 있기 때문이다. 정서적으로 완숙하지 않은 어린이, 청소년기에는 한두 번 그러한 욕망을 실현해보는 경우가 있을 수 있다. 그것은 물론 바람직하지 않지만 한 번쯤 남의 물건에 동의 없이 손을 댐으로써 죄책감과 두려움 등을 느끼고, 그로인해 다시는 그러지 않겠다는 결심을 하게 된다면 한편으로는 긍정적인 학습효과도 있다고 볼 수 있다. 이때 중요한 것은 습관이 아닌 우발적인 일회성 행위였을 때에 국한된다는 점을 기억해야 한다.

만약, 이러한 행위가 반복적으로 되풀이될 뿐 아니라 그 과정에서 스릴과 쾌락을 느끼며, 죄책감은 느끼지 못하다면 그것은 병적인 행위이며 반드시 교정되어야 할 것이다. 처음 호기심으로 시작된 도둑질은 의지와 감각적인 욕구사이에서 의지가 약해졌을 때 습관이 된다. 습관이 된 ‘도벽’은 청소년기의 비행에서 가장 흔하게 나타나는 현상이다. 도벽은 또한 다른 일탈행위들과 함께 나타나는데 바로 음주나 흡연 등이 그것이다.

도벽은 어릴 때 부모의 충분한 보살핌을 받지 못한 경우에 잘 나타난다. 그로써 부족한 애정과 관심을 도둑질이라는 행위를 통해 무언가를 채우려는 심리가 작용하게 된다. 특히 청소년기에는 친구들과 함께 어울리는 과정에서 그들로부터 안정감과 지지, 인정받고자 하는 욕구에서 동참하게 된다.

이야기 속 형민, 형주, 민기, 선호, 준수는 함께 다니는 친한 친구들이다. 이들 역시 우연한 기회에 도둑질을 시작하고 술과 담배를 시작했다. 그리고 그 집단에서 함께 어울리기 위해서는 도둑질을 비롯한 여러 일탈행위들을 함께 해야 한다는 묵시적 약속이 이루어졌다. 나쁜 짓을 혼자 할 때는 두려움과 걱정이 더 크지만 여럿이 함께 하다보면 상대적으로 두려움이 줄어든다. 적어도 '걸려도 나 혼자가 아니다'라는 생각을 하게 되니 좀 더 용감해지고 떳떳하기까지 하다. 그러나 도둑질은 부도덕한 행위임에는 틀림없다. 함께 행동하는 것이 더 나쁜 이유는 죄책감조차 희미해질 뿐 아니라, 다 같이 했기 때문에 그리 나쁜 짓처럼 생각되지 않는 것이다. 그로써 완전히 정립되지 않은 불완전한 도덕관념마저 더욱 희미해질 수 있으므로 집단 도벽은 더욱 위험하다.

다섯 친구들의 도벽을 바로잡기 위해서는 어떤 노력이 필요할까. 우선 도벽의 심각성을 인식하고 스스로 그것에서 벗어나려는 의지가 있는지 확인해야 한다. 그리고 도둑질을 함께 하는 친구들과 어울리는 시간을 줄이도록 노력해야 한다. 친구들끼리 어울리는 시간이 길어지면 일탈행위로 흐를 우려가 높아지기 때문이다. 그리고 중요한 것은 자신의 미래에 대한 연상훈련이다. '바늘 도둑이 소도둑 된다'는 말이 있듯이, 어릴 때부터 남의 물건에 손 대는 버릇을 아무렇지 않게 여기고 스스럼없게 한다면 성인이 된 후에는 그대로 고착된 습관으로 인해 진짜 절도범이 될 수도 있다는 사실을 기억하자. 성인 절도범이 되고 싶지 않다면, 정말 나는 미래에 어떤 사람이 되고 싶은지 머릿속으로 떠올리고 그렇게 될 수 있다는 자기 암시를 하는 것도 도움이 될 것이다. 만약, 법률가가 되고 싶다면서 남의 물건이나 훔치는 일에 재미를 느끼고 죄의식도 느끼지 못한다면 그것은 어불성설이기 때문이다. 믿는 대로 이루어진다. 그것은 간절함의 크기를 말한다. 간절히 바라고 노력하면 이루지 못할 것은 없다.

또한 가족에게도 도움을 요청할 수 있다. 집안에서도 마음만 먹으면 얼마든지 훔칠 물건은 많이 있으므로 호기심을 가질만한 지갑이나 귀금속 등은 가족들이 애초에 잘 보관하여 관심을 차단시키는 도움을 줄 수 있을 것이다. 가족들 역시 도벽은 습관이므로 일단 습관이 된 행위는 쉽게 고치기 어렵다는 점을 인지하고 시간을 갖고 교정하도록 함께 노력해야 한다. 그러나 도벽에 대하여 무조건 강경한 조치를 취하는 것도 긍정적이지는 않다. '도둑놈'이라는 낙인이 찍히게 되면 더욱 나빠질 수도 있기 때문이다. 먼저 도벽의 원인을 파악하고 아이들의 심리를 분석하는 과정이 필요하다.

음주와 흡연 역시 습관이다. 우리나라의 흡연 연령은 날이 갈수록 낮아지고 있다. 이제는 초등학교 때부터 담배에 노출되고 중고등학교 때는 이미 중독 상태인 경우가 많다. 흡연이 더 심각한 것은 니코틴중독 때문이다. 이는 금단현상을 일으키게 되어, 한번 담배를 피우기 시작하면 좀처럼 끊기가 쉽지 않다.

담배 중독 치료 방법에는 크게 두 가지가 있다. 하나는 중독이 끼친 피해를 생각하고 더 이상 피해를 당하지 않기 위해 치료를 하는 것이고, 다른 하나는 중독에서 벗어났을 때 얻게 되는 보람과 행복을 생각하는 것이다. 담배로 인한 피해가 크다고 느낄수록 벗어나고자하는 마음도 커지고 회복하려는 열망도 커질 것이다. 중독치료에 있어서 가장 중요한 것은 '긍정적 사고'이다. 금연 했을 때의 좋은 점을 적극적으로 찾아보는 것이 금연의 지름길이다. 담배 끊기와 함께 관악기 불기, 수영과 같은 운동하기 등을 시작해 보는 것이다.

나의 미래를 설계해보자. 도둑이나 알콜 중독자가 되려는 사람은 없을 것이다. 내가 원하는 미래의 모습을 위해 어떻게 해야 할 것인지 고민해보자.

고등학교 2학년 동진이는 봉사활동도 열심히 하고 공부도 열심히 하는 편이다. 공부에 관심이 없었던 지난해까지는 영어 단어 하나 외우는 것도, 수학 문제 하나 더 푸는 것도 끔찍하게 싫어했었다. 그러나 고등학교 2학년이 되면서부터 문득 동진이는 마음을 고쳐먹게 되었다.

'내가 언제까지나 주먹이나 휘두르며 약한 사람들 등이나 쳐먹으며 살 수는 없지 않겠나? 나도 누나나 형처럼 좋은 대학 다니고, 하고 싶은 일하며 잘 살고 싶다…다른 형제들은 다 유능한 인재로 사람들의 부러움을 사는데, 엄마아빠에게 나는 창피하고 부끄러운 존재가 될 수도 있잖아…앞으로 살날이 창창한데…이제부터라도 정신을 차려서 열심히 하면 다시 시작할 수 있을 거야!'

1년 전 어느 날 동진이가 이런 심경의 변화를 털어놓자, 함께 어울리던 '깔대기 파' 아이들은 어이없어하며 코웃음을 쳤다.

"어쭈? 호박에 줄긋는다고 수박 되냐? 응?! 왜 갑자기 안하던 착한 생각을 하고 그러냐? 공부는 아무나 하는 줄 알고? 손에서 책을 놓은 게 벌써 몇 년인데 1~2년 반짝 해서 삼류 대학이라도 갈 수 있을 거 같아?"

"여기저기 안 들이대는데 없는 우리 '깔대기 파'가 그동안 어떻게 우정을 다졌니? 함께 술 먹고 담배 피고, 애들한테 심부름 시키고 돈 뜯고…새 옷 입고 오면 우리 낡은 옷이랑 바꿔 입고… 그런 거 니가 제일 나서서 했던 거잖아? 근데 갑자기 오늘부터 그만두면 애들이 믿을 거 같애? 너는 너 자신을 믿을 수 있어?"

늘 함께 어울려 다니며 말보다 주먹을 앞세우고 약한 아이들을 괴롭히며 즐거워했던 아이들은 동진이의 변화에 당혹감을 느끼며 이렇게 비아냥거렸다.

"넌 절대로 착한 어른이 될 수 없어…아니지…우리도 나름대로 성실하게 살고 있으니 나쁘다고는 할 수 없지…넌 절대로 모범생이 될 수 없어! 생각을 다시 바꾸라고!"

아이들은 그날 동진이를 어두운 골목으로 끌고 가 죽지 않을 만큼 두들겨 팼다. 그렇게 맞으면서 동진이는 괜한 소릴 했나하는 후회와 동시에 이렇게까지 당했으니 보란 듯이 더욱 개과천선하겠다는 마음도 들었다.

그때부터 동진이는 그 아이들을 의도적으로 멀리하고 밀린 공부에 몰두했다. 오랫동안 돌아보지 않았던 학과 공부는 반짝 열심히 하는 것으로는 만회가 쉽지 않았으나 더욱 열심히 마음을 다잡고 노력했다. 반에서 늘 꼴찌를 맴돌던 동진이는 그로부터 6개월여 만에 반에서 10등을 차지하게 되었다. 그러는 동안에도 아이들은 동진이 주위를 맴돌며 사사건건 시비를 걸고 귀찮게 했다.

툭하면 집 근처로 불러내어 돈을 뜯거나 주먹질을 하기도 했다. 그때마다 맞서 싸우다가는 문제가 커질 것 같아 동진이는 그냥 적당히 맞아주는 것으로 넘기곤 했다. 한편으로는 그럴수록 그들에게서 완전히 벗어나기 위해 더 열심히 생활했다. 자칫 다시 실수하여 부모님이나 선생님을 실망시킬까 두려웠다. 아이들이 동진이 주위에서 어슬렁거리는 걸 보면 선생님은 이렇게 물었다.

"너 아직도 깔대기 파 애들이랑 어울리니? 말로는 마음잡고 공부한다 해놓고 이젠 뒤로 호박씨 까는 거 아니지?!"

"아니에요…저 진짜로 마음잡았어요…성적 보시면 아시잖아요?"

"정말 아니지?!"

"정말 아니에요…"

오늘도 학교에서 깔대기 파의 대장노릇을 하는 녀석이 쉬는 시간에 동진이를 이유도 없이 심하게 폭행했다. 많은 아이들이 보고 있었지만 아무도 말리지 않았다. 다들 동진이 편을 들었다가 보복 당하는 것이 두려웠던 것이다.

오후가 되어 교문을 나설 때도 깔대기 파 아이들이 뒤에서 동진이를 불렀다.

"야, 우리 가방 좀 들어주라! 배신자!"

그 순간 동진이는 마음의 갈등을 느끼고 있었다.

'녀석들과 오늘 정말로 끝장을 볼까? 내가 죽든 니들이 죽든 한번 끝까지 가봐야 하나……아냐…그렇게 다시 폭력적으로 대응하다가 문제가 커지기라도 하면 나는 결국, 역시 그럼 그렇지…하는 애가 될텐데…누구한테 도움을 청할 수도 없고…그랬다가 더 큰 보복을 당할 수도 있고…아이들을 괴롭히고 다니며 좋아했던 내가 이제는 그 피해자가 된 건가…이 굴레를 벗어나고 싶어! 말썽부리고 문제아였던 나로부터 영원히 해방되고 싶은데…!'

청소년기에는 그들 각자가 품은 욕구불만, 특히 사회의 공식 태도에 대한 불만감 혹은 저항감에서 시작하여 이탈감을 느끼다가 비슷한 생각을 갖는 또래끼리 우연히 만나게 되면 그때부터 그들 나름대로 새로운 세계를 형성하는 집단을 만들게 되는데 이것이 바로, '비행집단'이다. 이들 집단의 조직적인 움직임이 시작되면 각자의 행동은 동료의 행동을 일으키는 자극제가 되어 불량한 연쇄반응이 일어나게 된다. 또한 구성원들은 서로 긴밀히 연결됨으로써 그 집단에서 쉽게 빠져 나오지 못할뿐더러 태도를 자유롭게 바꿀 수도 없게 된다. 특히 자신들이 속한 집단에 충성하는 것을 가장 큰 덕으로 생각함으로써 비행행동에 대한 수치심이나 제어심, 죄책감 등은 완전히 사라지게 되고 오히려 비행이 정당화되고 영웅시되기에 이른다. 이것이 비행성을 더욱 가중시키는 것은 물론 계속되면 성인 범죄로 연결될 가능성이 커지므로 우려되는 것이다.

이처럼 결속력이 강한 비행집단에서 동진이처럼 발을 빼는 것은 매우 용기 있는 행동이라고 할 수 있다. 동진이는 고등학교 1학년 때까지 깔대기 파에 속하여 비행을 저지르며 집이나 학교 모두에서 문제아로 찍혔던 아이다. 그런 어느 날 곰곰이 자신의 미래에 대하여 생각하게 되면서 잘못된 것을 바로잡기로 결심한다. 집단적으로 몰려다니며 약한 아이들을 괴롭히고 온갖 비행을 저지르는 일이 그리 옳지 않다고 스스로 깨달았기 때문이다. 그리고 성실하게 새로운 삶을 살아가려 노력하지만 아이들은 동진이 주위를 맴돌며 괴롭히고 설득하여 자기들에게 돌아오기를 바란다. 어느덧 회유는 점점 심해져서 폭력과 괴롭힘의 수준도 점점 높아져갔고 동진이는 심리적 갈등을 겪게 되었다.

예전에는 약한 아이들을 괴롭히는 가해자였던 동진이가 현재는 피해자 입장이 되었다. 피해자가 되고 보니 지난 시절이 더욱 후회스러울 것이다. 그래서 더욱 그때로는 돌아가고 싶지 않을 것이다. 성실하게 공부하여 미래에 자신의 꿈을 향해 나아가고 싶은 마음이 간절하다. 그럼에도 자꾸만 귀찮게 구는 아이들을 어떻게 해야 할까. 과연 동진이는 어떻게 이 갈등에서 벗어날 수 있을까.

방법은 몇 가지가 있을 수 있다. 먼저 선생님이나 부모님 등 주위 어른들께 알리는 것이다. 선생님도 동진이가 깔대기 파 일원이었음을 알고 있으니 현재 그들로부터 협박과 폭력을 당하고 있다고 알려 도움을 요청할 수 있다. 그러나 이때 두려운 것은 보복이다. 깔대기 파 아이들이 선생님께 불려가 동진이를 더 이상 괴롭히지 말라는 말을 들었다고 생각해보자, 그다음부터 정말로 그렇게 될 것인가. 적어도 선생님께 자신들의 행위를 알렸다는 이유로 더 심한 보복행위가 돌아올지도 모른다. 그래서 동진이는 선뜻 선생님께 도움을 청하지 못한다.

다음으로는 아이들이 폭력을 사용할 때 지금처럼 적당히 맞아주는 것이 아니라 적극적으로 대항하여 맞서는 방법이 있다. 지금 동진이는 보복의 두려움 혹은 다시 자신이 예전의 문제아로 돌아가게 될까봐 적극적인 대응을 피하고 있다. 폭력과 괴롭힘을 당하는 현재만 넘기자는 식으로 모면하고 회피하는 현상이 길어지다 보면 그 자체로 무력감을 느낄 수도 있다. 무엇이 옳은지 알면서도 외면해버림으로써 마음에 병을 안게 될 수도 있다.

늘 누군가의 괴롭힘을 받는다면 공부도 일상생활도 편하게 집중할 수가 없다. 폭력에 소극적이기 때문에 더욱 집요하게 괴롭히는 것일 수도 있다. 그러니 반대로 강하게 저항한다면 그들도 조금 태도의 변화를 가져오지 않을까. 약자에게 강하고 강자에게 약한 것이 폭력의 속성이 아닌가.

사람은 누구나 실수를 할 수 있다. 완벽하지 않기 때문이다. 더구나 성인이 아닌 우리 청소년들은 상황에 대한 판단력이나 깊이 있는 사고가 부족하기 때문에 충동적이고 즉흥적으로 상황에 대응하려는 경향이 있다. 약한 아이들을 괴롭히고 돈을 빼앗는 등 여러 비행을 저지르는 경우도 마찬가지이다. 조금만 더 깊이 생각해본다면 그것이 해서는 안 될 행위임을 알게 되지만 옳은 판단을 하기 전에 비행을 저지르게 된다. 맨 처음, 동진이도 깔대기 파 등의 비행집단과 어울리기 전에 그와 같은 깊은 사고를 했더라면 아마 지금과는 결과가 좀 더 달라졌을 지도 모른다.

혼자가 아닌 여럿이 함께 이루어지는 집단 행위가 될 때는 죄책감도 느끼지 못할 뿐 아니라 멋진 행동으로 느끼기도 한다. 또한 무리에 속해 있다가 잘못임을 깨닫고 벗어나려 할 때는 문제가 더욱 심각하다. 의리를 내세우며, 무리에서 이탈하면 배신자가 되는 것처럼 이야기하며 집단의 힘을 과시하려든다. 폭력으로 제압하여 이탈을 막거나 계속 따라다니며 귀찮게 해서 스스로 이탈을 포기하도록 만들기도 한다.

이러한 고난을 극복하고 새로운 생활을 꿈꾸는 동진이로서는 주위의 어른에게 자신이 처한 상황을 침착하고 용기있게 알리고 도움을 청하는 것이 가장 바람직해 보인다. 집단으로부터 자신에게 돌아올 보복이 두렵지만, 두렵다고 해서 무조건 회피하고 견디는 것은 옳은 방법이 아니다. 또한 자신이 직접 나서서 싸워 이김으로써 비행집단과 결별을 이루겠다는 생각도 위험하다. 그들이 때릴 때 그저 맞지 않고 대항하는 것과, 직접 나서서 마치 영화속 주인공과 같은 끝장을 보는 것과는 다르다는 점을 기억하자.

한 번의 실수는 새로운 삶을 위한 좋은 양분이 될 수 있다. 두려움을 이겨내고 주위 어른들과 함께 힘을 합쳐보는 노력이 필요하다.

오늘 이 순간은 결코 다시 오지 않는다. 먼 미래에 이 순간을 돌이켜 볼 때 후회하지 않을 만큼 최선을 다해보자. 지워버리고 싶은 과거가 되지 않도록!

일요일 오전, 은주는 친구들과 영화를 보러 가기 위해 외출 준비를 하고 거실로 나왔다. 거실에서 계시던 아버지는 딸을 보시고는 깜짝 놀라 물었다.

"뭐야? 너 그렇게 하고 어디 가는 거냐?"

은주는 예쁘다는 뜻으로 알아듣고 활짝 웃으며 대답했다.

"네~ 친구들이랑 영화보기로 했어요."

"친구들 만나는데 그 차림이 그게 뭐야?! 니가 대학생이야? 머리에 피도 안 마른 게 벌써부터 화장을 하고 다녀?!"

아버지의 뜻밖의 호통에 은주는 굳어진 얼굴로 눈만 깜박거렸다.

"아빠…요즘 애들 다 이 정도는 하고 다녀요…난 일요일에만 하는 건데…"

“뭐라고? 이제 겨우 고1밖에 안된 애들이 무슨 화장이야? 언뜻 봐도 네 언니보다 더 심하잖아?! 그리고…그 옷은 또 뭐냐? 똥구녕 다보이겠네! 하−참! 여보! 이리 좀 와 봐요!”

아버지는 이제 어머니까지 불러가며 야단을 했다.

주방 일을 하다 온 어머니는 아버지의 이야기에 딸의 차림새를 훑어보았다.

“아휴…요즘 애들 다 저러고 다녀요…내가 아무리 말해도 소용 없어요! 학생답게 하고 다니라고 해도 용돈으로 화장품 사고 똥꼬 치마, 내복같은 레깅스 사 입느라고 다들 난리가 났습디다…아무리 잔소리를 해도 귓등으로도 안 들어요…”

어머니도 아버지와 마찬가지로 한숨을 쉬며 은주의 차림새에 대하여 불만을 표시했다.

“너 아직 학생이잖아? 그런데 그렇게 떡칠을 하고 다녀도 학교에서 뭐라고 안 하니?! 선생들이 다 눈이 멀었나? 치마도 그래, 그게 뭐냐 대체? 아예 벗고 다니지 그래?”

아버지는 은주를 향해 더욱 호통을 쳤다.

“엄마 아빠는 촌스러워서 그래! 딴 애들은 평소에도 다 화장하고 다녀, 엄마가 하도 야단이라 난 그냥 촌스럽게 쌩얼로 다닌단 말이야! 아무것도 모르면서 큰소리만 쳐! 아 몰라요, 나 가야 돼!”

은주는 대꾸해봤자 더 이상 말이 안 통한다는 생각에 짜증을 내며 도망치듯 나가버렸다.

"너 알아서 해! 다음에 볼 때도 화장하고 있으면 머리를 싹 밀어 버릴거니까 그런 줄 알아! 가만 안 둬!"

아버지는 은주의 뒤통수에 대고 이렇게 엄포를 놓았다.

'엄마 아빠는 진짜 이상해…애들 모이는데 한번 가보면 금방 알거를…나만 가지고 그래!'

은주가 툴툴거리며 도착한 번화가는 주로 젊은이들이 모이는 거리였다. 음식점, 팬시점, 옷가게, 커피전문점, 영화관, 화장품가게 등등이 밀집해 있는 곳으로 하루 종일 그곳에 머물며 필요한 것을 다 할 수도 있다. 특히 주말과 같은 휴일이면 중고등학생들이 삼삼오오 모여들어 영화도 보고 밥도 먹고 여러 가지 쇼핑을 즐기며 하루를 보내곤 한다.

은주와 친구들도 오늘 영화를 보고 화장품 가게와 옷 가게를 순례할 계획이었다.

"어서 와! 왜 늦었어? 영화시작 시간이 다 돼간다. 얼른 가자!"

친구 혜진이가 말했다.

"말도 마! 울 엄마 아빠 진짜 왜 그러냐? 참나~ 옷이 어떠네, 화장이 어떠네 하면서 날 붙잡고 난리치는 바람에 늦었어! 머리를 깎아버린다나! 헐~!"

은주가 울상을 짓자 성연이가 물었다.

"니 옷이 뭐? 화장이 왜-?"

"내 말이~~, 내가 뭐 잘못한 거 있냐? 진짜 속 터져 죽겠어! 옛날사람도 아닌데 왜 그러는지 몰라!"

은주가 대답하며 성연이 눈을 자세히 들여다보더니 감탄스레 말을 이었다.

"야, 너 마스카라라도 했네~? 진짜 섹시해 보인다! 멋져! 난 얼굴에 분 좀 바르고 아이라인 좀 그렸다고 그 야단이니, 마스카라는 꿈도 못 꿔!"

"크크크…너무 웃겨…진짜 쩐다…"

"호호호~그러게!"

세 여자아이들은 제각각 화장을 하고 최대한 예쁘고 어울린다고 생각하는 옷차림으로 경쾌한 걸음을 옮겼다.

신나는 어드벤처 영화를 보고 나온 세 친구는 밥을 먹고 옷가게와 화장품 가게를 돌며 쇼핑을 끝낸 뒤 대형 프랜차이즈 커피숍에 들어갔다. 그리고 달콤한 커피를 마시며 화장을 고치기 시작했다. 그곳의 손님 대부분이 그들처럼 중고생들로 보이는 앳된 청소년들이었는데 너나 할 것 없이 얼굴에 뽀얀 분칠이 되어 있음을 한눈에 알아볼 수 있었다. 분칠뿐 아니라 아이라인이나 입술 등도 제법 붉고 선명하게 칠한 상태였다. 청소년 손님들은 남녀 구분 없이 저마다 거울을 들여다보며 화장을 고치고 있었다. 이제 10대들에게 화장은 일상적인 일인 듯했다. 가끔 보이는 성인 손님들은 화장을 고치고 앉아 있는 청소년들이 낯선 듯 주위를 두리번거렸다.

"너 화장 또 하면 혼난다며, 그거 바를 자신 있어?"

성연이가 볼터치를 수정하며 은주에게 물었다.

"아 몰라…화장하는 건 여자의 자유고 생명 아니니? 근데 그걸 왜 못하게 하는 거냐고? 아빠면 다냐…아…진짜…그런다고 못 할 줄 알고? 더 할 거야! 더!"

"맞아 텔레비전에서도 다 10대를 대상으로 화장품 광고하는데 그게 불법이면 하겠어? 니네 아빠가 좀 심하신 거다…그치?"

혜진이도 은주에게 맞장구를 치며 입술에 반짝이는 붉은색 글로스를 덧발랐다. 은주는 친구들과 함께 이야기할 때는 힘이 나서 이렇게 떠들지만 막상 집으로 돌아가면 아빠가 다시 어떻게 나올지 몰라 벌써 걱정되기 시작했다. 새로 산 마스카라와 핑크빛 펄 파우더를 만지작거리며 들키는 날에는 무슨 일이 일어나는 것은 아닌지 신경이 쓰이지 않을수 없었다.

최근들어 10대들이 화장을 하게 된 이유는 무엇일까. 청소년기는 또래의 영향을 많이 받는데 비슷한 연령대인 아이돌 연예인들의 영향이 가장 클 것이다. 10대 초반부터 연예계에 데뷔한 아이돌 연예인들은 무대에 서기 위해 화장과 분장을 하는데, 일반 청소년들도 그것을 그대로 따라하면서 만족을 얻는 것이다. 예전에는 여학생들이 고등학교를 졸업하면서부터 화장을 시작하는 게 일반적이었다. 하지만 텔레비전과 같은 미디어의 영향으로 이제는 초등학생들도 화장을 하는 시대가 되었다. 수년전에는 초등학생들이 문구점에서 파는 중국산 저가 화장품으로 화장을 하다가 피부손상을 입어 사회문제로 다루어지기도 했다. 그러나 현재는 우리나라 화장품 브랜드에서도 10대를 대상으로 하는 화장품을 내놓고 적극적으로 홍보함으로써 그러한 경향을 더욱 부추기기도 한다.

이른바 '뷰티 행동'이라고 하는 메이크업, 헤어디자인, 네일케어 등은 어느새 10대 소녀들에게는 익숙한 문화가 되었다. 최근 몇 년 사이에는 초등학생에게조차 화장하기 유행이 불고 있다. 쉬는 시간의 화장실에는 화장하는 학생이 넘쳐나고 교복 차림에 색조 화장을 한 소녀들을 길에서 마주치는 게 흔한 일이 되었다. 처음엔 방과 후에 라이너와 비비크림을 바르는 정도이더니 요즘은 아예 등교하는 학생의 얼굴에도 메이크업이 되어 있는 경우도 흔하다. 어떤 연구 결과에 의하면, 이와 같은 뷰티 행동은 10대 여학생의 학업 성적과 관계가 있다고도 한다. 성적이 낮을수록 화장이 짙어진다는 것이다. 학교에서 긍정적인 보상을 받지 못하는 아이들이 학교 이외의 공간에서 인정받기 위하여 취하는 보상행동으로 해석하는 것이다. 그렇다고 해서 화장하는 모든 아이들이 문제가 있다고 일반화시키기에는 위험할 것이다.

10대들의 화장이 대중화되면서 평소 등굣길에도 기본적인 화장을 하는 경우가 보편화되었다. 그러다보니 오히려 맨얼굴로 다니는 학생을 찾아보기 어려울 지경이 된 것도 사실이다. 한편에서는 이러한 경향에 대해 우려의 목소리가 높다. 너무 어린 나이에 화장을 시작하면 상대적으로 피부층이 얇고 연약한 피부에 자극이 심해져서 노화가 빨라지며 결과적으로는 건강에 좋지 않다는 것이다. 반대로 청소년들은 화장이 자신들의 개성을 표출하는 방법이라고 이야기한다. 화장을 함으로써 자신감을 갖게 되니 긍정적이라고도 한다.

위의 이야기 속 은주와 친구들도 다른 또래 친구들처럼 화장하는 것을 자신들의 개성에 관한 문제라고 이야기한다. 그러나 부모님은 그런 딸이 이해가 되지 않는다. 은주와 부모님 사이의 갈등은 바로 서로 다른 관점에서 시작되었다. 은주는 화장을 하지 못하게 하고 반대하는 부모님을 이해할 수 없고, 부모님은 왜 아직 어린 나이에 화장을 하는지 이해하지 못한다. 이들이 어떻게 문제를 해결해야 할지 함께 생각해보자.

우선 은주는 자신을 이해하지 못하는 부모님을 어떻게 설득해야 할까. 무작정 짜증을 내며 이해하지 못한다고 투정 부릴 것이 아니라, 먼저 요즘의 청소년문화에 대한 설명과 이해를 구하는 노력을 해보자. 그리고 어른처럼 지나치고 강하지 않은 자연스러운 커버와 같은 화장은 인상을 더욱 깔끔하게 만들어주므로 자신감이 높아진다는 점을 이야기한다. 특히 일주일에 한두 번 정도 휴일에만 가볍게 하는 화장은 기분전환에도 도움이 된다고 말이다.

그렇다면 부모님의 걱정은 구체적으로 무엇일까. 아직 공부해야 할 나이의 학생들이 학교생활 이외의 것들에 신경을 쓰다보면 공부에 소홀해질 수 있다는 점일 것이다. 또한 아직 완전히 성숙되지 않은 여린 피부에 어른들의 강한 화장품 독성이 미치는 유해성을 우려한다. 또한 개성이라고 이야기하지만 대부분 아이돌 연예인의 화장스타일을 따라함으로써 몰개성적인 따라하기에 불과하다는 점을 우려한다.

부모자녀간의 입장 차이는 결국 충분한 대화를 통해 풀어나가는 수밖에 없다. 부모입장에서는 자녀의 화장을 멈추게 하지 못할 바에는 화장을 하되, 그에 따르는 자기관리의 중요성에 대해 충분히 이해시킬 필요가 있다. 올바른 화장품을 선택하고 적절한 사용법을 아는 것은 당사자의 건강을 위해서도 매우 중요하기 때문이다.

무조건 못하게 하거나 무조건 우기는 식으로는 서로 적절한 해결점을 찾기 어렵다는 사실을 기억하고 부모와 자녀가 각자 한걸음씩 물러나 상대방의 입장에서 생각해보는 시간이 필요하다. 특히 자녀는 남들이 하니까 나도 해야 한다는 무조건적인 생각을 멈추고, 정말 자신에게 현재 필요한 것이 무엇인가 짚어보는 시간을 가져보자. 화장은 자신의 개성을 살리는 하나의 방법이 되기도 하지만 유행을 따르는 행위는 자칫 무조건적인 추종에 불과하다는 점도 기억하자.

우리 사회는 이미 외모에 대한 관심이 극대화되었음을 부인할 수 없다. 외모를 가꾸는 것은 자신의 실력을 충분히 다지고 쌓는 시간 이후에 해도 늦지 않다. 현재 우리 청소년들은 외모에 대한 관심보다는 자신의 꿈을 향해 한걸음씩 밟아 올라야 할 때가 아닌가.

우리 10대는 아무것도 덧칠해지지 않은 자연스러움이 가장 아름답다는 사실을 잊지 말자. 다시는 돌아오지 않을 이 청춘의 한 장면마저도 굳이 얼룩으로 물들일 필요는 없지 않을까.

질풍노도를 헤치고

중학교 1학년 우영이는 언제부턴가 반 아이들이 자신을 슬금슬금 피하는 것을 느끼고 있었다. 자신이 다가가 무언가 질문을 하려고 하면 멈칫거리며 눈치를 살피기도 했다. 그럴 때면 아무 잘못도 없이 아이들로부터 소외당하는 것 같아 기분이 좋지 않았다.

하지만 반 아이들은 우영이가 가깝고도 멀게 느껴졌다. 학기 초에는 같이 어울리는데 별 문제가 없었지만, 시간이 흐르자 특정한 상황에서 조금만 제 기분에 거슬리는 듯하면 돌변하기 때문이었다.

처음 우영이의 이상이 드러난 것은 조별학습을 진행하던 과학 수업시간이었다. 간단한 도구들을 이용하여 물리적 현상에 관한 실험도중 우영이가 선생님께 질문을 하기 위해 손을 들었다. 그러나 선생님은 다른 조에서 아이들과 질의응답을 하고 계셨다. 선생님이 각 조를 돌기 때문에 기다렸다가 그때 해도 될 텐데 우영이는 무엇이 급한지 선생님을 계속 부르고 손을 흔들었다.

"저기요, 선생님~ 질문 있어요, 질문이요~~"

"이따가 우리한테 오시면 질문해도 되잖아? 뭐가 그렇게 급해?"

짝꿍이 이렇게 말했으나 소용없었다.

"아, 넌 가만 있어! 선생님~!"

아이들의 소리를 듣고서야 선생님이 우영이를 바라보았다.

"질문 있다고? 뭔데? 잠깐만 기다려! 여기 3조 다음에 너희한테 갈 거니까!"

오랫동안 기다렸던 우영이로선 선생님의 대답은 뜻밖이었는지 갑자기 자리에서 벌떡 일어나더니 이러는 거였다.

"아–씨바! 질문 받으라구요! 내 질문은 질문도 아니야? 에이, ×같은 게 사람 개무시하고 자빠졌어!"

그러더니 손에 잡히는 대로 책과 필기도구들을 마구 집어던지고 욕설을 퍼붓기 시작했다. 순식간에 교실은 아수라장이 되었다. 뜻밖의 행동에 당황한 여자 과학 선생님은 그 자리에 얼음처럼 굳어져버렸고 놀란 아이들은 비명을 질러대며 자리를 피하는 소동이 일어났다. 한번 시작된 우영이의 과잉행동은 주위 아이들에게까지 이유 없이 주먹을 휘두르다가, 소란을 듣고 달려온

질풍노도를 헤치고

옆 교실 남자 선생님에 의해 뒤에서 제압을 당하고서야 겨우 진정되었다.

그 후로 아이들은 우영이를 그냥 편하게 대하지 못하게 되었다.

"쟨 언제 갑자기 돌변할지 모르니까 조심해야 돼…"

"지가 헐크냐? 뭐냐? 한번 흥분하면 선생님이고 뭐고 눈에 뵈는 게 없나봐?!"

우영이는 자신의 감정을 조절하는데 어려움을 겪고 있었다. 스스로는 그러지 않으려고 노력하지만 한번 화가 나거나 흥분하게 되면 참지 못하는 것이다. 평소에는 얌전하다가도 특정한 상황에서 폭발적으로 화를 내며 거친 행동과 욕설로 이어지곤 했다.

"쟤, 나랑 유치원 초등학교 다 같이 다녔는데 그 때부터도 그랬어…애들이랑 잘 놀다가도 제 맘에 들지 않으면 갑자기 막 화를 내면서 엉망진창으로 만들어 버리곤 했어! 같이 있다가 괜히 얻어맞은 애들도 많아! 그래서 초등학교 때도 유명했어…선생님들도 두 손 두 발 다 들고 거의 포기했었지…말썽을 하도 피워서 부모님도 학교에 자주 왔었는데 소용없었어…지금도 선생님한테 욕하는 거 봐! 이상한 애야…"

같은 반이며 초등학교 동창인 형선이가 이렇게 아이들에게 귀띔해주었다.

"병원에 가봐야 되는 거 아니냐? 미친 거 아냐?"

"그러게! 갑자기 돌변하는 병이 뭐지…?"

우영이도 한 번씩 그런 행동을 하면 주위 친구들이 자신을 이상하게 보는 것을 느꼈고 후회하며 다시는 그러지 않으려고 다짐도 해봤지만 소용없었다. 아무리 얌전하게 지내도 살다보면 마음에 들지 않는 상황도 있게 마련이니, 그럴 때를 그냥 참고 넘어가지 못하는 것이었다. 그러다보니 가깝게 지내는 친구들도 거의 없었다. 여럿이 어울려 지내는 아이들을 보면 부러웠지만 다가설 수 없어서 아쉽고, 그런 자신이 바보같이 느껴져서 우울해지곤 했다.

바로 어제도 이런 일이 있었다. 방과 후 영어 학원 수업을 마치고 집으로 돌아가는 길이었다. 상가 앞을 지나는데 닭 꼬치를 파는 스낵 카가 와있었다. 그 앞에는 이미 많은 아이들이 몰려 있었다. 우영이도 마침 출출하던 차에 닭 꼬치를 사먹기 위해 스낵 카로 다가갔다. 대여섯 명 뒤로 가서 줄을 섰던 우영이는 바로 앞의 초등학생쯤으로 보이는 여자아이가 휴지를 버리려고 한두 걸음 정도 이탈하자 재빠르게 그 자리로 다가서버렸다.

"어, 여기 내 자린데…"

황급히 돌아온 여자아이는 자신이 아주 떠난 게 아니라고 설명했으나 우영이는 못 들은 체 비켜주지 않았다. 그러자 화가 난 여자아이가 이렇게 작은 소리로 투덜거렸다.

"아~재수 없어! 못 생긴 게 새치기까지 하고 지랄이야!"

다음 순간, 우영이는 여자아이의 배를 걷어차더니 바닥으로

질풍노도를 헤치고

넘어진 아이의 머리를 발로 짓이기며 욕설을 퍼부어댔다. 스낵카 주변은 일순간에 아수라장이 되어 버렸다. 폭행을 당하는 여자아이의 비명소리와 뜯어말리려 덤벼든 사람들이 뒤엉켜 일대가 전쟁터처럼 변했다. 어른들에 의해 겨우 진정된 우영이는 바닥에 쓰러진 채 피를 흘리고 있는 여자아이를 보고서야 정신을 차린 듯 했으나 돌이키기에는 늦어버린 뒤였다.

"나도 그러고 싶지 않았어요! 하지만 나도 어쩔 수가 없어요…"

복잡한 현대사회를 사는 사람들에게는 여러 가지 스트레스가 많다. 우리 청소년들에게도 학업과 가정, 친구관계 등등 여러 면에서 그 나름의 스트레스가 있다. 일찍부터 남들보다 뛰어나야 한다는 과도한 경쟁, 다른 사람은 친구가 아닌 적으로 간주해야 하는데서 겪는 갈등의 사회적 메커니즘이 심리적 압박으로 작용하는 것이다. 더 나아가 극심한 피로나 지속적인 자극, 정신적 외상 등에 의한 뇌 기능 장애, 특히 충동을 담당하는 뇌의 변연계에 이상이 발생할 경우에는 '충동조절장애' 증상이 나타날 수 있다고 한다.

충동조절장애란 자기 자신이나 타인에게 해가 되는 행동을 반복하지만 그런 욕구를 스스로 억제하거나 조절할 수 없는 상태를 의미한다. 병적으로 도박을 하거나 강박적인 자해행위, 인터넷, 게임중독 등이 모두 이에 속한다.

청소년을 위한 사랑의 기술

　이런 장애를 갖게 되면 평소에는 억압되어 있다가 억제할 수 없이 화가 나는 순간이 되면 충동적으로 분노가 폭발되는 증상을 보인다. 순간적으로 올라오는 충동을 억제하지 못하고 행동으로 표출하지만 '다음부턴 참아야지'하고 마음을 먹는다. 그러나 비슷한 상황이 되면 또다시 솟구치는 화를 참지 못하고 폭언과 폭력을 폭발시키고 만다. 상황이 반복된다면 그냥 참아보려는 노력으로는 한계가 있다.

　현재까지 정확한 원인이 밝혀지지는 않았지만 충동조절장애는 환경적 요인과 생물학적 요인이 복합적으로 작용하는 것으로 짐작한다. 대체로 성장과정에서 언어 및 신체적 폭력을 당한 경험들이 환경적 요인이 되고 부모로부터 유전되는 경우도 있다.

　어릴 때의 폭력적인 경험은 충동조절장애를 갖게 할 뿐 아니라 성인이 되면서 도박이나 알코올 중독 위험도 매우 높다. 따라서 '다혈질'이라느니 혹은 '성질이 더럽다'는 식으로 치부하고 말 것이 아니라 보다 적극적인 치료가 이루어져야한다.

　이제 우영이의 고민을 어떻게 해결해야 할지 생각해보자. 우영이의 경우, 어릴 때부터 그런 증상을 보여 왔음을 알 수 있다. 본인은 친구들과 어울리고 많은 친구들을 사귀고 싶지만 한 번씩 이런 증상을 보이는 것 때문에 오히려 친구들과 멀어지고 말았다. 스스로 화를 참지 못하는 것을 알고 그것을 자제하려 노력해보았을 것이다. 그렇다면 이런 충동조절장애는 단순히 개인의 참을성과 같은 성격적 결함의 문제일까. 성격적 측면의 문제라고 해도 혹은 심리적인 원인이 있다고 해도 이는 우영이 혼자만의 잘못이 아니며 가족들이 함께 적극적으로 치료방법을 찾도록 노력해야 한다. 우영이는 단순한 '다혈질' 혹은 '욱'하는 성질이라기보다는 충동조절장애 증상을 보이고 있다. 해결을 위해서는 먼저 전문가와 상담을 하는 것이 바람직하다. 치료를 하다가 중도에 그만두는 것은 증상을 더욱 악화시킬 수 있다는 점도 기억해야 한다. 특히 증상에 대한 치료뿐 아니라 심리적 원인을 찾아보는 것이 보다 중요할 것이다. 이 증상은 가정적으로 폭력적인 경험을 한 경우에 잘 나타날 수 있으므로 우영이 부모님의 관계가 어떤지, 우영이가 어머니나 아버지로부터 어릴 때 심한 학대 수준의 언어나 신체적 폭력을 당한 경험이 있는지 신중하게 되짚어보아야 한다.

힘으로 항거할 수 없는 어린아이들은 부모의 폭력에 무방비로 당할 수밖에 없다. 더욱이 그 피해는 심리적으로 그대로 각인되기 마련이다. 어릴 때는 힘이 없어 고스란히 당하면서도 화를 참고 견디지만 마음속으로는 분노가 차오르게 된다. 그런 심리적 억압은 차차 성장하면서 뜻밖의 상황에서 참지 못하고 폭발하는 증상으로 나타난다. 그것은 우영이 개인의 잘못이 아니라 가족 전체의 문제임을 인식해야 한다.

심리적, 약물적 치료 외에도 우영이 본인의 의지도 매우 중요

청소년을 위한 사랑의 기술

하다. 어떤 경우에 자신이 폭발하는지 여러 차례의 경험으로 알게 되었다면, 평소 마음을 다스리는 훈련을 시작해보자. 옛말에도 '참을 인(忍)자 세 번이면 살인도 면한다.'는 말이 있다. 그것은 상대방에게 살의를 느낄 정도로 참기 힘든 상황일지라도 잠시만 감정을 다스리면 현명하게 넘길 수 있다는 의미이다. 물론 순간적으로 터져 나오는 화를 깨닫고 참아 누르기란 쉬운 일이 아니다. 하지만 의도적으로 반복 연습하여 열 번 중에 한번만 참을 수 있다 해도 놀라운 성과가 아니겠는가. 특히 분노를 조절하는 훈련을 위해 필요한 숫자 '1-3-10'을 활용해보자.

1 - 화가 치미는 그 순간, 하던 일을 멈추고 스스로에게 '절제'라고 한번 외친다.

3 - 3회에 걸쳐 숨을 크게 깊이 내쉬는 심호흡을 한다.

10 - 마음속으로 천천히 1~10까지 숫자를 세며 흥분이 진정되고 마음이 가라앉기를 기다린다. 그 후에 하고 싶은 행동이나 말을 한다.

화가 날 때 이 가운데 한 가지만 떠올린다 해도 갑작스런 폭발은 피할 수 있을 것이다. 그 순간에는 아무것도 떠오르지 않겠지만 반복훈련을 통해 그 순간을 멈추게 하는 효과를 기대하는 것이다. 평소 명상 시간을 가져보는 것도 방법이다. 명상이란 스스로를 돌아보는 시간이다. 반성을 통해 감정을 다스린다면 다음번 폭발을 지연시킬 수도 있을 것이다.

분노, 화는 마음의 병이다. 무조건 화를 참는 것은 방법이 아니다. 자신의 감정을 제대로 들여다보고 적절하게 다스리는 노력이 필요하다는 사실을 기억하자.

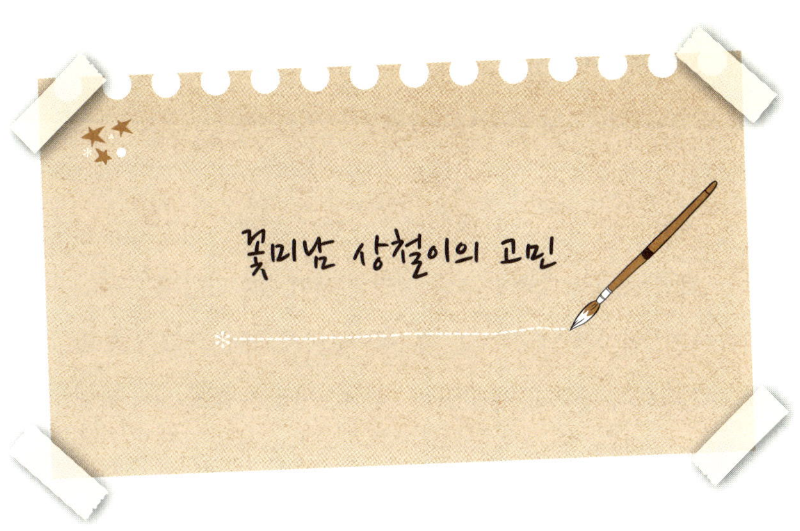

"야, 기지배! 저기 상철이 기지배 간다~! 어느 게이 바로 출근 하냐?"

"옷도 제대로 갖춰 입고 가야지! 히히~"

상철이가 지나가기만 하면 여기저기서 이런 소리가 들려왔다. 상철이는 이런 놀림을 한두 번 들은 게 아니어서 익숙할 만도 하지만 들을 때마다 열을 받는 건 사실이었다.

고등학교 2학년인 상철이는 곱상하고 하얀 얼굴에 177센티미터 정도의 호리호리한 체격을 가졌다. 미숙아로 태어나 어릴 때부터 병원을 제집 드나들 듯하며 몸이 약해서 운동은커녕, 오래 걸어 다니는 일도 흔치 않을 정도였다. 중학교 때까지는 외모에 대한 놀림이 이 정도까지는 아니었지만 남자들만 다니는 고등학교에 오니 외모와 행동, 말투가 여성스럽다는 이유로 심한 놀림을 받게 되었다. 상철이는 누나만 셋이어서 여자들의 말투나 행동양식의 영향을 다른 아이들보다 많이 받았을 것이 타당해보이기는 했다. 실제로 어릴 때 누나들이 막내 동생인 상철이를 여자아이처럼 꾸며서 데리고 놀곤 했던 기억이 남아있었다.

"어휴, 엄마는 왜 누나만 셋이나 낳아서 나를 여자처럼 만들었어! 애들이 나보고 기지배라고 놀려! 걔들은 힘이 세서 맘대로 덤비지도 못해…"

속상할 때면 한 번씩 이렇게 어머니에게 화풀이를 하지만 그때뿐이었다.

"어머 무슨 소리야, 너처럼 잘생긴 꽃미남을 기지배라고 놀리다니, 말도 안 돼! 친하니까 괜히 그러는 거겠지…"

어머니는 대수롭지 않게 여겼다. 하지만 상철이는 날이 갈수록 놀림의 정도가 심해지는 것을 느끼고 있었다. 그럴수록 더욱 혼자 위축되고 숨고 싶어 하는 자신을 느끼며 괴로웠다. 그러나 한편으로 상철이가 인기를 끄는 경우도 있었다. 방과 후 학원에 가거나 휴일에 시내에 나가기라도 하면 또래 여학생들은 한 번씩 상철이를 되돌아보곤 했다.

"오, 멋진데? 'B1A4' 진영 닮았어~! 진짜 진영인가? 짱 멋져!"

"나도 봤어! 완전 꽃미남이네, 진영 말고 '제아(제국의아이들)'의 누구 닮지 않았냐?"

그런 수근거림이 들려올 때면 상철이 기분도 그리 나쁘지는 않았으나 남자들만 다니는 자신의 학교만 가면 죽을 맛이었다.

며칠 전, 체육시간에는 턱걸이를 하게 되었다.

"남자라면 적어도 다섯 개씩은 해야 한다!"

선생님은 이렇게 말하며 순서대로 철봉에 매달리게 했다. 아이들은 끙끙대면서도 다 해내고 있었다. 이미 연습하도록 과제로 내주었던 것이라 모두들 열심히 도전했다. 상철이도 차례가 되어 기를 쓰고 철봉에 매달렸으나 턱걸이는 한 번도 제대로 하지 못했다. 아이들 모두 주위로 몰려서서 그럴 줄 알았다는 시선으로 상철이를 쳐다보았다. 그들 중에는 킬킬거리며 비웃음을 흘리는 경우도 있었다.

"야 이 녀석아. 턱걸이 하나도 못하는 놈이 어딨냐? 정말 못해…? 너 남자 맞아?!"

선생님의 그 말이 도화선이 된 듯, 아이들은 일제히 웃음을 터뜨리며 놀려대기 시작했다.

"푸하하! 쟤 남자 아니에요!"

"우우~ 크크크…"

"사내놈이 턱걸이를 하나도 못해! 벌써 언제부터 연습해오라고 한 건데."

"그러니까 치마입고 다니라고~! 선생님도 헛갈려하시잖아?!"

안 그래도 철봉에 매달려 있느라 물에 젖은 빨래처럼 힘들어

질풍노도를 헤치고

죽겠는데 아이들이 이렇게 놀려대자 자존심이 몹시 상한 상철이
는 선생님을 쏘아보고는 교실로 뛰어가 버렸다. 턱걸이를 하나
도 못하면 남자도 아니라는 식으로 말한 것이 원망스러웠다. 더
구나 그로인해 모두에게 대놓고 놀림을 당하니 쥐구멍에라도 들
어가고 싶었다.

"상철이 몸이 약해서 그런 건데, 그만 좀 해라…"

그중에는 상철이의 사정을 잘 알고 변명해주려는 친구도 있
었으나 일단 놀림감으로 삼는데 재미를 붙인 아이들은 그러거나
말거나 상관이 없었다.

그 일이 있은 후부터 상철이는 더욱 눈에 띄게 우울해졌다.
수업 중에 아이들이 놀리는데도 제지하지 않은 체육선생님도 야
속하게 생각되었다. 학교가 지옥 같았지만 어쩔 수없이 가방만
들고 왔다 갔다 할 뿐이었다. 수치심과 열등감으로 잠도 오지 않
았다.

'병신같이 놀림이나 당하면서 학교는 다녀서 뭐하나…한심하
다…잘하는 것도 없고…'

며칠 후 교문을 나서는데, 뒤에서 또다시 상철이를 부르는 소
리가 들려왔다.

"야, 트렌스젠더! 어디 가냐? 가슴 수술은 좀 해야겠다…다
좋은데 가슴이 절벽이잖아?"

"우리가 브래지어 사줄까? 크크크…"

"너, 너네 누나들이랑 목욕탕 같이 가지?! 그냥 치마입고 가면 여잔 줄 알고 무사통과할 거야! 아~부럽다! 누구는 여탕에도 마음대로 갈 수 있고!"

그런데, 바로 뒤까지 쫓아와 이렇게 말도 안 되는 소리를 지껄이던 녀석들 중 하나가 무리에게 과시라도 할 생각인지 느닷없이 상철이의 엉덩이를 움켜쥐었다. 참을성있게, 놀림에도 못 들은 척하며 묵묵히 걸어가던 상철이는 그 순간, 더 이상 참지 못하고 녀석의 손을 비틀어 잡아 바닥에 때려눕히고는 있는 힘껏 주먹을 휘둘렀다.

"야 이 ×놈아! 왜 나만 보면 지랄이야! 아주 죽여 버릴 거야! 내가 뭘 잘못했다고 이렇게 괴롭히는 거야…내가 이렇게 생기고 싶어서 그런 것도 아닌데!"

청소년기는 정신적으로는 물론 신체적으로도 성장이 완전히 끝난 상태가 아니다. 오히려 2차 성징이라고 하는 급격한 신체적 발달을 겪게 된다. 그것은 남학생이나 여학생에게 각각의 성적 특징이 명확해지는 변화라고 볼 수 있다. 이러한 2차 성징은 성호르몬의 작용에 의한 것이다. 개인별로 차이가 있기 때문에 어떤 청소년은 상대적으로 일찍 남성적 혹은 여성적인 특성을 갖추게 된다. 그러므로 그러한 변화가 다소 늦다고 해도 조급하게 생각하기보다 20대 초반까지는 시간을 갖고 지켜보는 여유가 필요할 듯하다. 그 후에도 정상적인 변화가 더디거나 나타나지 않을 경우 호르몬검사 등을 통해 원인을 찾아 해결할 수 있다.

　그러나 매일 오가는 학교에서 함께 생활하는 친구들과 은연중에 그런 비교를 하게 된다.

　'저 녀석은 코밑에 수염이 시커멓게 나네? 목소리도 제법 굵직하니 어른스러워지고…'

　'어째서 난 목소리가 변하지 않는 거지? 아직도 아기 목소리 같아서 창피해죽겠네…체격도 좀 커졌으면 좋겠는데…'

　그런 비교를 통해 보다 남성답거나 여성다운 청소년들에 비해 상대적으로 성적 특징이 더디게 나타나는 친구들을 무심코 놀림거리로 삼는 경우가 있다. 하지만 그 당사자는 큰 상처를 입을 수 있다. 상철이의 경우도, 그러한 차이를 누구보다 가장 먼저 감지하고 초조하게 생각하는데 주위에서 마치 약점을 잡은 것처럼 놀려댄다면 그로 인한 상처는 생각보다 클 것이다. 청소년기는 외모에 대한 관심이 커지는 시기이므로 주위의 비교에 의해 열등감을 갖게 되고 자신감이 떨어지며 대인관계에까지 부정적인 영향을 미칠 수 있다.

　만약 주위친구들의 외모변화에 큰 관심을 두지 않으며 자신의 외모변화가 더딘 것에 대해 신경쓰지 않고 긍정적으로 생활한다면 상관없을 것이다. 하지만 사람은 누구나 타인과 비교를 하게 되고 대체로 비슷한 시기에 비슷한 변화와 발달의 과정을 겪어야 자연스럽다고 여기게 마련이다.

청소년을 위한 사랑의 기술

상철이는 어릴 때부터 몸이 약한데다, 여러 명의 누나와 생활하다보니 자연스럽게 여성적인 언어와 취향, 특성 등에 대해 좀 더 익숙해졌을 것이다. 이를테면, 놀이를 하더라도 남자형제만 있는 가정에서는 전쟁놀이나 흙장난, 딱지나 구슬치기 등의 놀이를 할 것이고 여자형제들의 가정에서는 인형놀이나 소꿉놀이, 엄마놀이와 같은 여성적 역할이 강한 놀이를 주로 할 것이다. 그렇다보니 누나들과 함께 놀아야 하는 상철이도 주로 그런 여성적 놀이의 경험이 더 익숙했으리라. 물론 그렇다고 해서 그런 놀이 때문에 남자아이가 여자아이처럼 근본적인 성향이 변한다는 뜻은 아니다. 성적인 특성은 선천적이므로 놀이나 학습 따위로 쉽게 바꿀 수 있는 것이 아니기 때문이다.

고등학교 2학년이 된 상철이도 현재 또래 친구들에 비해 상대적으로 남성적인 특징이 제대로 나타나지 않아 고민이다. 그 자신도 사춘기에 접어들었으니 주위 친구들의 변화와 자신의 상태를 은연중에 비교하고 있을 것이다. 그러니 점점 남성다운 기질이 두드러져가는 친구들에 비해 여전히 연약하게만 보이는 자신의 모습 때문에 속앓이를 하는데, 그런 속도 모르는 녀석들은 여자 같다느니 트렌스젠더라느니 하며 짓궂게 놀려댄다. 그로인해 상철이는 점점 의기소침해지고 열등감에 휩싸이며 더 나아가서는 대인기피 증세까지 나타날 수 있다. 이와 같은 상철이의 고민을 어떻게 풀어야 할지 생각해보자.

먼저 중요한 것은 상철이의 마음자세이다. 친구들의 짓궂은 놀림과 장난에 어떻게 대처하느냐는 마음가짐, 생각에 달려있다. 자신이 정말로 여자가 되고 싶거나, 현재 자신이 남자라는 사실이 끔찍하게 싫은 것이 아니라면 상철이는 아이들의 놀림 따위는 한 귀로 흘려버리는 대담함을 길러야 한다. 그 용기는, '2차 성징은 누구에게나 나타나지만 그 시기는 개인차가 있다'는 사실을 충분히 인식하고 스스로 받아들여 인정할 때 생길 것이다. '나도 곧 너희들처럼 근사한 '남자'가 될 테니 기다려라! 그때 가서 꼬리 내리지 말고…' 이렇게 느긋하게 여유를 갖고 스스로 남자가 될 때를 묵묵히 기다리는 것이다.

한편으로 다르게 생각하면, 호리호리한 체격에 177센티미터의 키, 희고 고운 얼굴은 오히려 요즘의 트렌드가 아닌가? 외모에 대하여 관심이 높은 만큼 텔레비전에 나오는 남자 아이돌 가수들이나 배우들을 보면 대부분 상철이 같은 꽃미남 외모를 하고 있다는 사실이 중요하다. 꽃미남 연예인들을 보고 추종하는 현상 또한 바로 상철이 또래 친구들의 관심사가 아닌가. 그렇다면 혹, 친구들은 상철이의 그런 꽃미남스러운 외모를 시샘하여 짓궂게 놀리는 것은 아닐까?! 돈 주고도 얻기 힘든 외모를 타고 났으니 그것을 갖지 못한 이들에겐 부러워서 죽을 지경일지도 모른다. '못 먹는 감 찔러나 본다'는 말이 있듯이, 자기들은 아무리 해도 따라갈 수 없으니 꽃미남 같은 상철이를 쿡쿡 찌르고 괴롭히는 것으로 자신들의 욕구를 반대로 표현하는 것이라는 뜻이다. 그렇다면 상철이는 자신의 외모에 열등감을 느낄 것이 아니라 오히려 더욱 어깨를 펴고 다닐 자격이 있지 않을까. 그러면 남보다 못하다는 열등감은 우월감으로, 대인기피는 당당함으로 바뀔 것이다.

어떤 일이든 마음먹기에 달려있다는 말처럼 현재 자신의 상황을 긍정적으로 받아들이느냐 부정적으로 이해하느냐도 결국 나 자신의 생각하기 나름이다. 남자아이들이라 장난의 정도가 지나칠 정도로 짓궂기는 하지만 자신의 성 정체성에 문제가 없다면 당당하고 쿨하게 웃어넘기도록 스스로를 격려하고 용기 내어 보자.

외모가 꽃미남이라 해도 성격은 천상 남성스러운 남자라면 아무 문제없지 않을까. 사는 동안 우리의 몸은 끊임없이 변화한다. 그 샘나는 고운 피부와 멋진 외모가 언제까지 갈지는 아무도 모른다. 그냥 즐겨보자! 그 역시 청춘의 특권 아니겠나!

은영이는 저녁때가 다 되어서야 휴대전화기의 전원을 켜보았다. 일요일 하루 종일 집에서 공부한다고 책상에 앉아있었으나 사실은 별로 성과가 없었다. 통화가 되지 않으니 친구 준희가 집까지 찾아올까봐 은근히 걱정되었기 때문이다. 전화기가 켜지자 하루 종일 준희가 보낸 문자와 부재중 전화내역이 떠올랐다. 내일 학교 가면 또 어떡하나 하는 생각으로 마음이 편치 않았다. 그때 전화벨이 울렸다. 준희였다. 은영이는 망설이다가 기운 없는 목소리를 연기하며 전화를 받았다.

"아…여보세요…준희구나…미안해…오늘 내가 새벽에 장염이 도져서 응급실까지 갔다가 조금 전에 돌아왔어…"

"어머! 정말이야? 난 또 그런 줄도 모르고…오늘 독서실 가기로 했었잖아…그래서 하루 종일 기다렸는데…전화도 못할 정도

청소년을 위한 사랑의 기술

로 많이 아팠어?”

준희는 걱정스러운 듯 되물었다.

“응…장이 약해서 한 번씩 뒤집어지면 응급실로 가야 돼…약속 못 지켜서 미안해…”

수능을 앞두고 있는 고3수험생 은영이와 준희는 중학교 때부터 가까워졌는데 고등학교도 같이 오게 된 후로 쭉 붙어다니는 절친이었다. 그런데 언제부턴가 은영이는 준희가 불편해지기 시작했다. 그래서 준희의 약속을 어기고 거짓말을 했던 것이다.

학교에서 같은 미술부에서 활동하며 2학년 때는 부장을 맡기도 한 준희는 모든 일에 적극적이고 주도적으로 참여하고 리드하는 활발한 성격이었다. 그에 비해 은영이는 비교적 조용한 성격에 자기주장도 강하지 않아서 둘이 함께 다니는데 쿵짝이 잘 맞았다. 앞으로 둘 다 미술대학에 들어갈 생각으로 공부도 그림 연습도 열심이었다. 얼마 전부터는 준희 부모님의 소개로 입시 성공률이 높은 유명 미술학원에 함께 다니고 있었다.

학교에서는 물론 미술학원까지 함께 다니다보니 거의 하루 종일 붙어있게 되었는데 은영이가 그림 연습을 좀 하려고 하면 준희가 옆구리를 쿡쿡 찌르곤 했다.

“야…우리 나가서 떡볶이 좀 먹고 오자…배고파…”

은영이는 별로 내키지 않아도 준희가 하자는 일에는 그냥 따르는 편이었다.

질풍노도를 헤치고

"오늘 우리 영화 보러 갈래? 김수현 나오는 영화가 완전 재밌다는데…?"

준희는 은영이의 생각은 묻지도 않고 은영이를 이끌었다.

어느 날도 학원에 가던 길에 준희는 은영이 손을 붙잡으며 이렇게 말했다.

"은영아~ 우리…오늘 노래방갈래? 오늘 학교에서 성적 땜에 스트레스를 너~무 받아서 머리가 터질 것 같아…노래방 가서 시원하게 노래나 좀 부르면 살 거 같다~!"

머뭇거리던 은영이는, 더욱 강하게 졸라대는 바람에 하는 수 없이 준희 손에 이끌려 근처 노래방으로 향했다.

"은영아, 오늘 거 니가 내. 다음에 내가 살게! 그럼 됐지? 니가 오늘 한턱 쓰는 거야!"

"뭐라고…? 돈도 없으면서 오자 그랬어…? 헐…나도 돈 없어…이건 물감이랑 스케치북 살 돈이란 말이야…"

"알았으니까 오늘만 니가 내줘…담번에 내가 한턱 쏘면 되잖아?"

난처해하는 은영이의 태도에도 아랑곳없이 준희는 노래할 생각에 들떠 있었다.

'애는 맨 날 담 번엔 지가 낸다고 하고서 한 번도 제대로 낸 적도 없으면서…웃긴다…'

언제나 마음대로 하는 준희가 마음에 들지 않아서 은영이는

청소년을 위한 사랑의 기술

속이 상했지만 마지못해서 따르고 말았다.

'물감 살 돈으로 노래방 가고, 학원에도 빠지고…엄마가 알면 죽음인데…아…죽겠네…쟤랑 그만 놀아야지 안 되겠어…'

그때부터 은영이는 서서히 준희로부터 마음이 멀어지기 시작했다. 왠지 자신을 이용하는 것같이 느껴졌던 것이다. 모든 일에서 주도적으로 나서지만 돈이 들거나 뒤치다꺼리는 저절로 자신에게 떠넘기는 것으로 생각되었다.

'그렇다고 갑자기 절교를 할 수도 없고…티나게 뭐라 할 수도 없고…어떡하지…자꾸 전화기 꺼놓으면 이상하게 여길텐데…'

며칠 후 토요일 오후가 되었다. 마침 엄마와 함께 친척집에 다녀와 옷을 갈아입던 은영이는 준희의 전화를 받았다.

"은영아, 지금 나올 수 있니? 나, 여기 라페 3구역 피자가게 앞이야."

"갑자기 거긴 왜 가 있어? 나, 방금 집에 들어왔는데…"

"잘됐네! 전에 와봤는데 새로 나온 피자가 오늘 생일인 사람한테는 반 값이래!"

"야 너 생일 지났잖아? 거짓말을 한다고?"

"그건 양력이고 음력으로는 오늘이거든! 그렇게 말하면 되지! 참, 올 때 돈 좀 갖고 와!"

돈을 가져오라는 말에 은영이는 또다시 움찔하고 말았다.

"뭐? 어휴…나 돈 진짜 없어… 이달 용돈 다 썼다니까…오늘

질풍노도를 헤치고

은 네가 좀 내라, 생일이라며?"

그러자 준희는 잠시 생각하더니 이렇게 알려줬다.

"…그럼 너네 언니 신용카드라도 살짝 갖고 나옴 되잖아…동생인데 좀 쓰면 어때?"

"뭐라고?! 너 되게 웃긴다! 이젠 말도 안 되는 소리까지 하니? 피자가 그렇게 먹고 싶으면 니네 언니한테 사달라고 해! 왜 남의 언니를 끌어 들이냐?"

발끈하는 은영이에게 준희는 서운하다는 듯 이렇게 말했다.

"어머 어머…너 화났니? 어떻게 그럴 수가 있니? 너 맛있는 피자 맛보여 줄려고 그런 건데…사람 성의를 그렇게 오해하니? 그럼 관둬!"

전화는 바로 끊어졌다. 은영이는 한동안 멍하니 서서 이게 무슨 일인가 되짚어보았다. 도대체 누가 누구에게 화를 내는지 이해가 안 되는 상황이었다. 생각할수록 점점 화가 나면서도 한편으로는 준희가 절교하게 될까봐 은근히 걱정스럽기도 했다. 소극적이고 내성적인 자신에 비해 매사에 결단력 있고 주도적으로 행동하는 준희가 부럽기는 한데 자신의 뜻만 따르도록 강요하고 자꾸 돈을 쓰게 하는 것은 마음이 불편했다. 이런 일로 친구를 잃고 싶지도 않아서 어떻게 해야 할 지 막막한 심정이 되었다.

친구란 서로 마음이 통하는 사이로 가깝게 오래 사귄 사람을 일컫는다. 성인이 되어 사회생활을 하며 수많은 사람들과의 만남 속에서 서로 마음이 통하는 사람을 찾기란 쉽고도 어려운 일이다. 진실한 사람인줄 알았는데 한편으로 다른 꿍꿍이를 가지고 접근하는 사람도 있고 어느 누구에게도 진심을 전할 줄 모른채 이 사람 저 사람 사이를 오가는 사람도 있기 때문이다.

그래서 이해관계도 가식도 없는 학창시절의 절친한 친구는 평생 친구가 되는 것이다. 서로 성향이 비슷한 경우에도 친구가 되기 쉽지만 전혀 반대되는 성격끼리도 의외로 잘 어울리는 사이가 된다. 그것은 아마, 자신에게 부족한 점을 상대방에게서 찾고 서로 보완이 되어주기 때문인 듯하다.

은영이와 준희도 성격상으로는 서로 반대되어 보인다. 적극적이고 리더십이 강한 준희에 비해 자기주장이 강하지 않고 소극적이며 조용한 성격의 은영이가 절친한 것을 보면 그렇다. 자기주장이 강하지 않은 사람은 상대적으로 누군가 강하게 이끌어주는 것을 편하게 여긴다. 어떤 일을 결정해야 하거나 판단함에 있어 어려움을 느낄 때 누군가 교통정리하듯 결정해주면 간단히 해결되니까. 그 결정에 특별한 불만이 없을 때는 말이다.

그런데 그렇게 누군가의 주장이나 결정에 번번이 따라주기만 하다보면 나중에는 상대방은 아예 나의 생각 따위는 묻지도 않고 일방적으로 처리해버리는 불상사가 일어날 수도 있다. 그때 가서 '왜 내 생각은 묻지 않느냐'고 따지면 '넌 원래 내가 하는 대로 따르곤 했잖아' 라고 대답할 것이다. 그러니 아무리 소극적이고 자기주장에 자신이 없더라도 최소한의 생각은 분명하게 표현하는 것이 바람직하다.

수년간 사귀어오며 준희도 바로 은영이의 그런 성향을 파악했으며 자신이 이리저리 결정하는 대로 군말 없이 따르는 은영이를 당연하게 여겨왔을 것이다. 그러다보니 관계의 주도권이 완전히 한쪽으로 치우쳐버린 것은 아닐까. 그런 상황에서 당혹스러워하는 은영이의 고민해결책은 무엇일지 생각해보자.

우선, 은영이는 지금까지의 자신의 태도에 어떤 문제가 있었는지 되돌아볼 필요가 있다. 문제는 자기주장이 없고 소극적이며 수동적이라는 점이다. 그것은 자신의 성격에서 비롯되었을 것이다. 그러다보니 여러 사람들과의 관계에서 그들의 의견에 맞춰주는 입장에 설 때가 많고 자기생각에 그리 자신감도 없으니 '다들 그렇게 생각한다면 굳이 다르더라도 내 생각을 주장하지 않는 게 두루두루 좋다'고 생각하게 되었다. 준희와의 관계에서도 준희가 먼저 어떤 주장을 펴거나 제안을 하면 반대의견을 내어 자칫 불편한 상황으로 번지는 것을 꺼리는 것이다. 준희는 비교적 외향적이다 보니 어떤 상황에서든 자신의 의견을 적극적으로 내놓을 뿐 아니라 의견이 다른 상대방을 설득하여 자기편으로 이끄는 리더십도 갖추었다. 이 같은 점을 볼 때, 준희가 둘 사이의 리더가 되는 것은 자연스러워 보인다. 준희도 은영이도 은연중에 그러한 사실을 각자 인식하게 되었을 것도 틀림없다.

은영이를 리드하는 입장이 되자 무엇을 함께 할 때는 준희가 먼저 제안하고 돈이 필요할 때조차 거리낌 없이 요구하게 되었다. 준희로서는 늘 하던 대로 한 것일지라도 은영이는 금전적인 문제까지 휘둘리게 되자 당혹감을 느꼈다. 이런 결과를 막으려면, 필요할 때는 자기주장을 분명히 밝히는 용기가 필요하다. 내 주장을 펴서 시끄러워지는 것이 싫어서 그래왔더라도 이제부터는 좋고 싫음을 분명히 표현하는 노력을 해보자.

물감 살 돈까지 유흥비로 쓰면서도 본인이 아무렇지 않다면 상관없겠지만 어머니가 알까봐 걱정스러운 마음이 든다면 문제가 된다. 심지어 돈이 없으면 언니 신용카드까지 들고 나오라는 상황은 더욱 그렇다. 친구를 잃을까봐 걱정되기 때문에 참아야 할까. 이처럼 상대의 의견을 존중하지 않으며 일방적으로 주도하는 관계는 바람직한 친구사이라고 보기 어렵다. 친구란 서로 마음이 통하는 사이라는 전제조건처럼 어떤 의견도 허심탄회하게 나눌 수 있는 진실된 관계여야 한다.

이제까지 은영이처럼 상대를 잃을까봐, 혹은 마음 상하는 게 싫어서 그냥 그 의견에 무조건 따라주었다면, 지금부터라도 새롭게 노력해보자. 마음의 불편을 감수하며 소극적으로 상대를 대하지 말고 보다 적극적으로 생각과 주장을 내놓고 상의하고 논쟁도 벌일 수 있는, 보다 긍정적인 관계로 나아가보자. 친구란 상대의 좋은 점만 보고 사귀는 것이 아니다. 서로 다른 의견

이나 불만이 얼마든지 있을 수 있음을 인식하고 충분한 대화를
통해 일치점을 찾으려 노력하는 것이 진정한 벗이 아닐까.

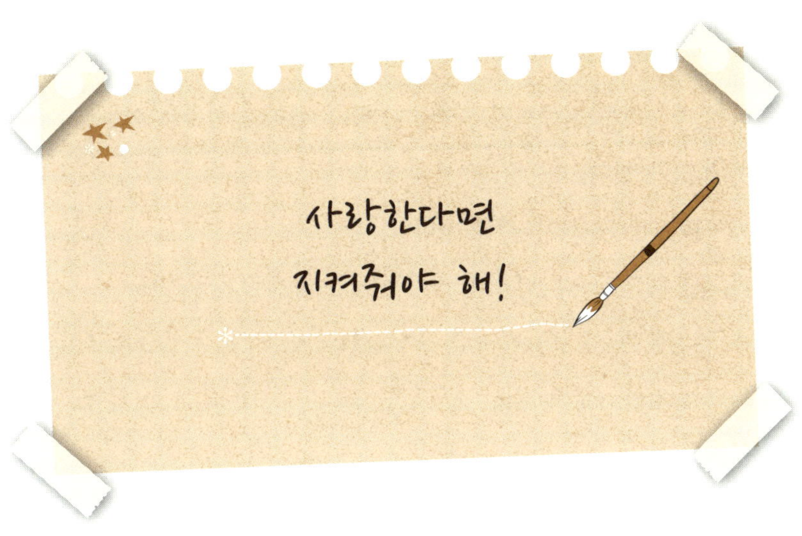

현주와 정호는 몇 개월 전 우연히 만나 사귀기 시작했다. 정호가 먼저 젊음의 거리 벤치에 앉아있던 현주를 보고는 한눈에 반했던 것이다. 그날 정호는 용기를 내어 마음에 든다고 말을 붙였다. 둘 다 고등학교 1학년이라는 점이 같아서인지 처음부터 말이 잘 통했다.

시간이 흐를수록 정호는 현주가 점점 더 좋아졌다.

"나 너 좋아하는데…넌 어때?"

"응, 나도 좋아~"

현주도 정호가 싫지 않은 듯 망설임 없이 이렇게 말하곤 했다. 하지만 더 이상의 진전은 없었다. 정호는 현주가 좋은 만큼 스킨십을 하고 싶은 마음도 점점 커져갔다. 그래서 나란히 걸을 때면 슬쩍 슬쩍 손등을 스치기도 하고 팔이나 어깨 따위를 잡으려는 제스처를 취해보기도 했으나 그럴 때마다 현주는 까무러칠 듯 놀라곤 했다.

"어머! 너 왜 그러니? 이상하다!"

그런 태도가 이상하게 느껴지는 것은 오히려 정호였다.

"연인들은 시간이 지나면 자연스럽게 손도 잡고 포옹도 하고 그러는 거야…벌써 몇 달이 지났는데도 손도 못 잡게 하냐, 니가 더 이상하다…"

그러나 그 후로도 현주는 제 몸 털끝하나 손대지 못하게 했다. 그럴수록 정호는 더욱 현주의 손을 잡고 싶어 죽을 지경이었다. 친구들에게 아직 손도 못 잡았다고 이야기하면 바보라고 놀림을 당하곤 했다.

어느덧 현주를 만난 지 6개월 정도가 지났을 때, 정호는 정성껏 고른 달콤한 초콜릿 상자를 내밀며 이렇게 말했다.

"현주야~ 나는 네가 너무 좋아…내 이상형이야! 널 처음 봤을 때 그걸 알아차렸어..어쩌면 널 사랑하는 것 같아…내 사랑을 받아줄 수 있어?"

현주는 부끄러운 듯 한참동안 얼굴을 가리고 수줍게 웃더니 자기도 그렇다는 듯 고개를 끄덕여주었다.

"정말이지?! 너도 나 사랑하는 거지? 아싸~!"

정호는 장난스럽게 되받으며 기쁜 마음으로 현주의 손을 잡으려 했다. 그러나 현주는 화들짝 놀라며 손을 뒤로 감추었다.

청소년을 위한 사랑의 기술

“어머! 왜 그래…하지 마…”

“왜라니? 정말 니가 이상한 거 아니니? 우리는 서로 좋아하고 사랑하잖아…그런데 손도 못 잡아…? 우리 정도 기간 동안 사귄 애들은 벌써 손도 잡고 뽀뽀도 하고…별거 별거 다해! 왜 나는 사랑하는 사람의 손도 못 잡니? 내가 치한으로 보이냐?!”

사랑고백을 받고도 그렇게 나오는 현주의 태도에 적잖이 당황한 정호는 몹시 서운하고 창피하고 무안하기도 하고 해서 이렇게 화를 냈다.

“그게 아니라…우린 아직 학생이잖아…네 말대로 손을 잡으면 뽀뽀도 하고 싶고 껴안고도 싶고 그럴 거 아냐…? 그건 아니라고 생각해…이렇게 같이 시간을 보내는 것만으로도 행복한데 더 이상 뭘 바라?”

현주의 설명에 정호는 따지듯 되물었다.

“너…정말로 나 좋아하는 거 맞아? 장난 아니니? 날 가지고 노는 거 아니냐고!?”

“그렇지 않아. 난 진심으로 얘기하는 거야…내가 걱정하는 거 모르겠어? 내가 남자친구 만나는 것도 부모님은 모르시는데 그런 것까지 하고 싶지 않아…”

현주의 대답에 정호는 결심한 듯 반문했다.

“네 말 알겠어…우린 아직 학생이니까 책임질 일을 벌여선 안 된다는 거지? 손잡고 뽀뽀하다 보면 어디까지 갈지 모르니까!

근데…나는 생각이 좀 다른데, 좋아하는 사람들은 서로를 품에 안고 싶은 마음이 생기는 게 자연스러워. 그러니까 누가 시키지 않아도 다 그렇게 하는 거지. 그리고 사랑하는 사이라면 뽀뽀가 아니라 더 한 것도 할 수 있다고 생각해. 사랑하니까 그 사람 전부를 알고 싶고 갖고 싶고…잠자리도 할 수 있을 것 같아!"

도발적인 정호의 말에 현주는 깜짝 놀라며 반문했다.

"무슨 소리를 그렇게 하니? 너 좀 심하다…아까도 말했듯이 우린 아직 스스로를 책임질 수 없는 학생들이야. 함부로 행동해서는 안 된다고 생각하고 부모님께도 그렇게 배웠어. 난 너랑 이렇게 같이 영화보고 놀러 다니고 이야기할 때 너무나 행복하고 좋은데, 넌 왜 자꾸 그 이상을 바라니? 사랑한다면 내 뜻을 존중하고 지켜줘야 하는 거 아닐까? 사랑한다는 이유로 네 욕망을 채우려 하는 건 옳지 않다고 생각해!"

현주의 말에 정호는 할 말을 잃고 말았다.

"그래 맞아, 너를 아끼고 사랑하는 건 분명해…네 의사를 존중하는 게 맞지…"

현주와 헤어져 집으로 돌아오며 정호는 여러 생각으로 머리가 복잡했다. 옛날 같으면 시집가고 장가가서 자녀들도 낳을 나이인데, 단지 아직 학생이라는 이유로 그렇게 가벼운 스킨십도 거부하는 현주를 이해하기가 쉽지 않았다. 한편으로는 현주의 뜻을 인정하고 받아들이는 게 맞다고 생각되지만 다른 한편으로는 사랑한다면 스킨십은 물론 성행위도 할 수 있지 않을까 하는 생각에 어지러웠다. 그렇다고 다른 아이들처럼 강제적으로 자신의 욕구를 충족할 생각은 없었다. 현주를 만나면 손을 잡고 싶어 죽겠는데 막상 본인은 펄쩍 뛰기만 하니 어떻게 해야 할 지 답답하기만 했다.

사랑에는 진지한 책임이 따른다. 사전에서 사랑이라는 단어의 뜻을 찾아보면 '어떤 상대의 매력에 끌려 열렬히 그리워하거나 좋아하는 마음'이라고 나와 있다. 누군가를 좋아하는 마음은 강제로 생겨나는 것이 아닌 만큼 이렇듯 애틋한 감정의 싹이 트기 시작한 사람들의 마음속은 온통 핑크빛으로 물들게 마련이다. 그런 감정은 숨길 수가 없으니 결국 상대에게 고백을 하게 되고 서로 마음이 통하면 자연스레 손을 잡고 포옹을 하는 식의 스킨십으로 이어지며 보다 더 친밀하고 깊은 관계로 발전하기도 한다.

요즘에는 초등학생들도 이성끼리 서로 '사귄다'는 표현을 쓸 정도로 이성 교제하는 청소년들을 많이 볼 수 있다. 지하철이나 거리를 다닐 때도 이성끼리 손을 꼭 잡거나 몸을 밀착하고 있는 청소년들을 흔히 볼 수 있다. 사회적인 마인드가 예전과 많이 달라져서 큰 문제만 일으키지 않는다면 청소년들의 건전한 이성교제는 굳이 뜯어말리지 않으니 그렇게 거리낌 없는 표현이 가능해졌으리라.

사랑한다면, 연인사이에서 어디까지 진전되어도 좋을까. 정호는 '사랑한다면 스킨십은 물론 잠자리(성행위)도 자연스럽다'고 생각한다. 그러나 현주는 생각이 달랐다. 바로 이 부분에서 정호의 갈등과 고민이 시작되었다. 현주는 사랑하는 감정까지도 인정하지만 스킨십은 손잡는 것도 하지 않겠다고 거부한다. 그것은 성인의 입장에서 보면 대견하기도 하고 바람직해 보인다. 아직 스스로의 행동을 책임질 능력도 부족한데다 사람의 감정이라는 게 손잡고 뽀뽀하다 보면 넘지 말아야할 선까지도 훌쩍 넘을 수 있기 때문이다. 인내심과 자제력, 책임능력, 성행위에 대한 확고한 신념이 부족한 청소년기에 가벼운 스킨십은 자칫 기름에 불을 붙이는 격이 될 수도 있다. 현주는 바로 그런 점을 걱정하는 것이다. 그런 점에서 현주가 정호보다는 좀 더 이성적이고 냉철한 편이 아닐까. 현주 역시 사랑하는 사람과 달콤한 행위에 대한 환상이나 욕구가 없을 리는 없다. 다만 그녀는 이성적으로 성인이 된 이후로 그 모든 것을 미루기로 결정한 듯하다. 거기에는 사랑에 대한 그녀 나름의 확고한 신념이 있다. 즉, '사랑한다면 상대방의 뜻을 존중해주어야 한다'는 것이다.

이에 반해 정호는 남자답게 욕구에 대한 갈망이 매우 큰 상태이다. 주위 친구들의 얘기를 들어보아도 자기처럼 몇 달씩 사귀는 여자 친구의 손끝 하나 못 만지는 경우는 없으니, 자신이 바보처럼 느껴진다. 남자들의 세계는 여자들과는 좀 달라서, 누가 누구를 사귀고 몇 달 만에 진도가 어디까지 나갔나 하는 부분에 일종의 경쟁심도 생기고 비교우위에 서고 싶어 하는 심리가 있는 듯하다. 친구들과 비교하다보니 정호는 점점 더 조바심이 나기 시작했다. 그러나 신체접촉을 몇 달 사이에 어디까지 가느냐 마느냐는 지극히 사적인 일로, 사귀는 두 사람 사이에서 자연스럽게 이루어지는 것이다. 아직 손도 못 잡았으니 바보라는 표현이 나오게 된 데는 미디어의 영향이 크다. 영화나 드라마에서 사랑하는 사람들의 사려 깊지 못한 잠자리 장면 따위가 빈번하게 그려지다 보니 어느새 '사랑하면 얼마든지 그렇게 해도 되는 구나'하는 왜곡된 생각들이 보편화되기에 이른 것이다. 자기 신념이 확고하게 구축되지 않은 청소년들에게 그런 장면은 몽환적으로 받아들여질 수도 있다. 꾸며내고 만들어진 장면이고 스토리임에도 우리의 현실조차 당연히 그러한 것으로 간주하는 것이다. 왜곡된 스토리를 현실에 대입하는 것은 어리석은 일이니 미디어와 우리 사회의 역할 또한 더욱 신중해져야 할 것이다.

정호가 진정으로 현주를 사랑하고 오래 함께 하고 싶다면 어떻게 해야 할까. 정호는 자신의 감정에 충실하고자 한다. 하지만 자신이 정말로 현주를 아끼고 사랑하는 마음이 진심이라면 지금 당장의 작은 욕구들은 이성적으로 뒤로 미루는 자제력이 필요하다. 중요한 것은 다른 사람들의 경우나 의견이 아니라 서로 사랑하는 당사자의 마음이라는 사실을 기억하자.

우리는 아직 좀 더 학문과 자기수련에 시간을 쏟아야 할 시기에 있음을 기억하자. 좀 더 진지하게 자신의 장래를 위해 고민하고 실력을 쌓을 시간은 정말로 지금뿐이라는 사실을 잊지 말자. 이성적으로나 신체적으로 좀 더 성숙된 후에 사랑하는 사람과 행복한 포옹을 해도 늦지 않음을 이해하기 바란다.

'급히 먹는 밥이 체한다'는 말처럼 스스로의 욕망을 자제하지 못해 즉흥적 충동적으로 저지르는 행위에는 문제가 따르게 마련이다. 최근에는 정호보다 더 어린 나이에도 뜻하지 않게 부모가 되는 청소년들을 심심찮게 볼 수 있다. 만에 하나, 현주의 뜻을 무시한 채 강제로 욕구를 채워버린다면 어떤 결과가 나올까? 아마도 결코 긍정적인 결과는 얻지 못할 듯하다. 사랑에는 책임이 따른다. 그리고 진정한 사랑은 상대방의 뜻을 존중하고 지켜주는 것임을 명심하자.

정말로 자신이 원하는 것이 무엇인지 찬찬히 되짚어보는 시간도 중요하다. 사랑하는 누군가와 함께 있는 것만으로는 만족스럽지 못할 뿐 아니라 신체접촉을 원하는 마음이 더 큰가. 스스로 그렇게 느껴진다면 그것은 진정한 사랑이라고 말할 수 있을까? 다함께 생각해보자.

지금, 정호처럼 누군가와 예쁘고 아름다운 사랑을 가꾸고 있다

면 지혜롭고 이성적으로 판단하기를 바란다. 사랑은 지켜주는 것
이고 사랑에는 크고 무거운 책임이 따른다는 사실을 기억하자.

창수는 간밤에 한잠도 이루지 못했다. 여자 친구인 진아 때문이었다.

2년 전 교회 중등부에서 만난 두 사람은 현재 고등학교 2학년과 중학교 2학년이다. 두 사람은 마음이 잘 맞았고 자주 만나며 서로 좋아하는 사이가 되었다.

그러던 지난달 진아 생일 날, 서로의 기분에 취한 나머지 두 사람은 건너지 말아야 할 강을 건너고 말았던 것이다. 그 순간, 두 사람은 더욱 가까워진 기분이 들기는 했다.

그런데 어제 만난 진아는 임신진단시약을 꺼내 보이며 머뭇머뭇 입을 열었다.

"오빠…나…임신했나봐…어떡하지…?"

진아의 말은 하늘이 무너지는 소리처럼 들려왔다.

“뭐라고? 어휴…정말이야…? 아………”

창수는 두 손으로 머리를 감싸 쥔 채 어떻게 해야 할 지 고민에 빠졌다. 그러나 당장은 아무 생각도 할 수 없었다.

“우리 어떡해…흑흑…”

진아는 걱정과 불안이 가득한 얼굴로 울먹이고 말았다.

“누구 다른 사람한테도 말했어?”

“아니…어떻게 말해..? 난 겨우 중2인데…엄마아빠한테 말했다간 맞아죽을 거야…”

“진아야…일단 좀 생각해보자…나도 고삐리잖아! 중딩이나 고딩이나지…”

창수가 언성을 높이자 진아도 당황하여 발끈했다.

“왜 화를 내고 그래…누가 뭐래? 생각하면 무슨 수가 나오나? 미치겠네…”

“아무 생각도 안하면 어떻게 할 건데? 너 아기 낳을 수 있어? 난 절대로 못 할 거 같아!”

창수의 대답에 진아는 울음을 터뜨리고 말았다.

이런 결과가 오리라고는 전혀 예상하지 못했으므로 서로 당황하여 어쩔 줄 몰랐다.

창수와 헤어져 집으로 돌아온 진아는 제 방에 틀어박혀 고민하기 시작했다.

‘임신했다는 걸 알면 집에선 난리가 나겠지…그동안의 나의 행실이 모두 의심받고 천박한 쓰레기라고 비난이 쏟아질 거야…
엄마 아빠 자식 취급도 안하는 건 물론, 당장 잡아 죽이려고 할
거야…도저히 알릴 수 없어…차라리 이대로 집을 나가버릴까…
아기를 낳아야 하나? 오빠는 책임질 생각이 없나봐…그런 사람
인 줄 몰랐어…어쩜…좋다고 집적거릴 땐 언제고…이제 와서 절
대로 못한다고? 정말 실망이야…말이라도 걱정 말라고 잘 될 거
라고 해야 되는 거 아닌가…하지만 나도 낳아 키울 자신은 없는
데…그러면…어떻게 해야 하지…? 정말 죽고 싶다…어휴…'

부모님이 알게 되는 것이 가장 큰 걱정이고 두려움이었으며
아기 아빠인 창수의 소극적인 태도도 마음에 걸렸다. 마음대로
낳을 수도 없고 낳아도 이제 중학교 2학년짜리가 엄마가 된다는
것은 너무나 어려운 일이었다. 생각할수록 고민만 커져가고 진
아는 죽고 싶은 심정이었다.

창수도 방구석에 처박혀 온통 걱정뿐이었다.

'십대에 부모가 되는 애들이 있다더니…그게 내 일이 될 줄이
야…어휴…열일곱 살에 아빠라니…앞으로 하고 싶은 일이 얼마
나 많은데…진아 그 기집애가 내 발목을 잡다니…아니야…둘이
좋아서 한 건데…그래도 그렇지…여자가 좀 더 조심을 했어야
하는 거 아닌가?…다 내 잘못이지…충동을 못 이겨서…어떡하
지…애를 낳는다고 해도 걱정이고 안 낳는다고 해도 걱정이야…
어떻게 해야 할 지 도무지 알 수가 없잖아…! 형한테 물어봐?…

그 순간 뼛가루도 못 찾을 텐데…어디다 하소연을 하지? 내가 임신시켰으니 나한테도 절반의 책임이 있긴 한데…난 아직 미성년자인데…어떻게 책임을 지냐고…!?'

며칠 후 두 사람은 다시 만나 함께 고민하기 시작했다.

"내가…곰곰 생각해봤는데…우리 둘의 생각이 가장 중요할거 같아…넌 어떻게 하고 싶어? 낳을 수도 있다고 생각해?"

창수가 얼굴이 푸석푸석하도록 고민한 흔적이 역력한 진아에게 조심스레 질문을 던졌다.

"휴…난…못 낳을 거 같아…아프기도 엄청 아프다며…그리고 애를 낳으면 내가 엄마가 되는 거잖아. 이 나이에 어떻게 엄마 노릇을 해? 소꿉놀이도 아니고…"

"그래 맞아…아기를 낳으면 엄마 아빠가 되는 거지…너도 나도 아직 공부할 게 몇 년이나 남았는데, 그리고 앞으로 할일이 얼마나 많은데 지금 여기서 멈출 수는 없잖아…나도 자신 없어…"

그러자 진아는 다시 고개를 저었다.

"그런데…그렇다고 아기를 없애는 건 더 끔찍한 죄를 짓는 거 아닐까…학교에서 배웠잖아…낙태를 어떻게 하는지…그건 너무나 끔찍한 일이야! 생명은 소중하다고 배웠는데…어떻게 생명을 죽여…? 영원히 잊지 못할 거 같아…흑흑…"

오락가락하는 진아의 태도에 창수는 지친 듯 말했다.

"그럼 어떻게 하고 싶은 거야 대체?! 너만 힘든 거 아니고 나도 너만큼 힘들고 괴로워…그래도…음…낙태를 하면…지금 당장은 힘들겠지만 이후의 생활은 그냥 이어질 거야…내 생각은 차라리…그냥 낙태를 하는 게 좋을 것 같아! 물론 너는 더 많이 힘들겠지만…"

낙태를 바라는 창수의 말에 진아는 괴로운 듯 소리쳤다.

"못해! 무서워! 낳는 것도 무섭고…죽이는 것도 무섭단 말이야! 차라리 내가 죽고 싶어!"

"나도 무서워! 나도! 도망치고 싶다고! 모든 게 잘못됐어. 너를 만난 것부터…후회스러워…"

창수도 괴로운 듯 뒤늦은 후회로 몸부림쳤다. 어린 나이에 부모가 될 상황에 처한 두 사람은 어떻게 난관을 헤쳐 나가야 할지 눈앞이 캄캄하기만 했다.

우리는 엄청난 변화를 이어가며 빠르게 변하는 물질적 정신적 가치체계 속에서 혼란을 겪기도 한다. 시대가 많이 변하다보니 성(性)의식도 많이 변화되었음을 실감하게 된다. 서양에 비해 상대적으로 보수적이던 우리 사회의 성에 대한 인식도 최근에는 매우 빠르게 바뀌어가고 있다. 그런 예는 특히 대중에게 보여지는 삶을 사는 연예인들을 통해 짐작할 수 있다. 누가 누구와 사귄다는 사실조차 숨기려 전전긍긍하던 과거와 달리 요즘 연예인들은 오히려 결혼도 하기 전에 임신을 했다는 사실을 당당히 밝

청소년을 위한 사랑의 기술

히는 일이 자연스럽기까지 하다. 그것은 영화나 드라마 속에 그려지는 세태에서도 자연스럽게 묘사되어 혼전동거나 혼전임신 따위가 오히려 시크하고 쿨한 세대의 표상인 듯 보여지는 것이다. 이런 현상들은 그것을 지켜보는 일반 대중들 그중에서도 성에 대한 의식이 정립되지 않은 질풍노도의 시기를 사는 청소년들에게 미치는 영향이 매우 클 수밖에 없다.

실제로 미혼남녀 416명을 대상으로 '혼전임신 인식'을 주제로 설문조사 한 결과에서, 과반수가 '사랑하거나 결혼할 사이라면 상관없다(남 47%, 여 41%)'라고 응답했다. 이는 혼전임신에 대한 인식이 젊은 층에서 긍정적으로 바뀌어 가고 있음을 보여준다. 그러나 혼전임신에 대한 인식이 긍정적으로 변화하는 만큼 막중한 책임이 뒤따른다는 사실도 반드시 기억해야 한다. 특히 청소년기는 성에 대해 호기심이 왕성한 시기이므로 충동적인 성행위로 인한 임신과 같은 결과에 책임감이 더욱 강조되어야 한다. 청소년, 미혼여성들의 임신 중절률이 갈수록 증가하고 있기 때문이다.

어느 날 갑자기, 아직 한창 열심히 공부하고 친구들과 어울릴 나이의 창수와 진아는 엄마아빠가 될 상황에 처했다. 의학적으로는 이미 부모가 된 것이다. 그러나 둘의 고민은 아직 부모가 될 나이도, 준비도 되지 않았다는 데서 시작되었다. 성에 대한 욕구와 호기심은 충만하고 왕성하지만 자신들의 행동이 가져오는 결과에 책임감 있게 대처할 능력은 아무것도 갖춰지지 않았기 때문이다.

둘이 함께 만든 문제임에도 여자인 진아의 고민이 창수보다 더 커 보인다. 창수와 함께 만든 결과이지만 아기를 갖는다는 엄청난 신체적 변화를 겪게 되는 것은 진아이다. 진아의 고민 중에는 가족을 비롯한 주위사람들의 시선에 대한 두려움이 가장 크다. 자신을 어떤 사람으로 볼까 하는 두려움, 가족에게 비난받고 버림받을지도 모른다는 두려움, 그리고 아기를 낳을 경우 어떻게 엄마노릇을 하는가에 대한 두려움, 또한 창수가 모른 체할지도 모른다는 두려움 등등…그래서 진아는 창수와 상의를 하지만 두 사람은 우물 안 개구리처럼 특별한 대안을 찾지 못하고 허둥댈 뿐이다.

창수는 어떤가. 자신에게 절반의 책임이 있다는 생각은 하지만 그 역시 아기 아빠가 될 어떠한 준비도 전혀 되어 있지 않다. 어느새 창수는 진아가 낙태하기를 바라는 쪽으로 기울기 시작한다. 창수는 두 사람의 미래를 위해 낙태가 바람직하다고 생각한다. 과연 낙태만이 창수와 진아에게 남은 정답일까. 이 일이 만약 또 다른 우리 십대들의 과제로 닥친다면 어떻게 해야 할 지 함께 생각해보자.

낙태수술이란 임신된 아기가 2~3개월 정도로 아직 작을 때 기계를 이용하여 태아를 끌어내는 것이다. 이 수술이 위험한 것은 의사가 자궁 안을 눈으로 직접 볼 수 없다는데 있다. 눈으로 보지 못한 채 기계를 몸 안으로 넣어 태아의 사지를 떼어내고 몸통을 부수어 긁어 낸 다음 머리를 망가뜨려 끌어내는 것이다. 눈 대신 기계가 손으로 전달하는 감각에 의존하여 진행되므로 위험성이 매우 높을 수밖에 없다. 이처럼 위험한 낙태수술의 후유증도 사람마다 달라서 단 한 번의 수술로도 영원히 불임상태가 되거나 여러 가지 합병증을 얻을 수도 있다. 또한 청소년들의 낙태는 그 자체로 떳떳하게 몸조리나 휴식을 취할 수 없으므로 건강을 크게 위협받게 된다. 말은 간단하지만 아직 신체적으로 완전히 성숙되지 않은 청소년기의 여자에게는 더욱 위험이 크다는 사실을 기억하자.

낙태 후에는 정신적 후유증도 크다. 순간적인 충동을 자제하지 못한 데서 온 결과와 사회적 규범을 지키지 않았다는 후회에서 오는 죄책감으로 괴로워하게 된다. 그럼에도 진아의 낙태만이 방법일까.

두 사람은 다른 사람에게 도움을 청할 생각은 미처 못하고 있지만 미성년자인 그들로서는 가장 신뢰할만한 주위 어른에게 솔직하게 털어놓고 도움을 받는 것이 바람직한 방법일 듯하다. 당장은 배신감을 느낀 부모님들의 비난과 꾸중이 쏟아지겠지만 스스로의 행동에 책임지지 못하고 방황하기보다 나을 것이다. 그리고 모든 행동에는 책임이 따른다는 사실도 분명히 깨닫게 될 것이다.

 인간이 동물과 다른 점은 이성을 가지고 있으며 인내심과 자제력, 배려심, 책임감 등이 있다는 점일 것이다. 자신이 꿈꾸는 멋진 미래를 위해 지금 이순간의 작은 욕망쯤은 잠시 뒤로 미룰 줄 아는 지혜로운 사람이 되어보자. 인생은 되풀이하며 수정할 수 없으니, 훗날 돌아볼 때 후회스러운 순간이 되지 않도록 현재 나의 삶에 최선을 다하자. 우리 인생은 얼마나 소중한가. 생명은 또한 얼마나 귀한가. 함부로 다루어져도 좋을 생명은 없다. 그것을 지켜주기 위해 나는 얼마나 책임 있는 사람인가 돌이켜 보자.

청소년을 위한 사랑의 기술

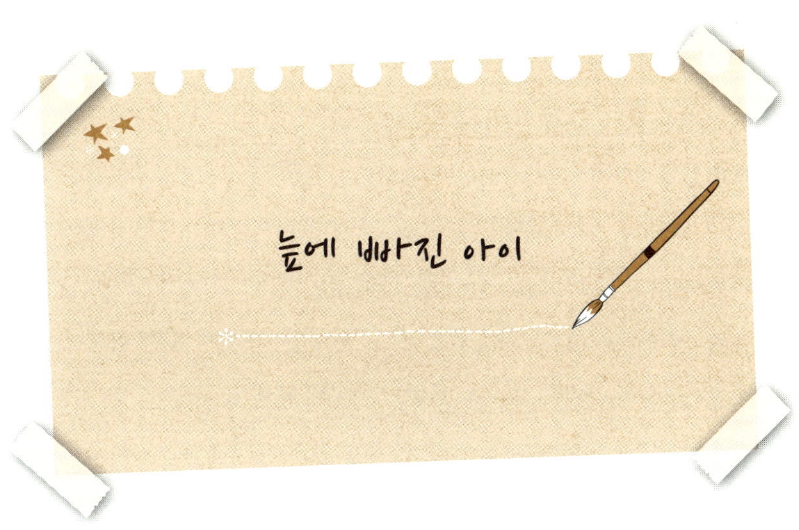

현재 중학교 3학년 현경이는 1년 전 겨울방학 때 우연히 동네 생활정보 신문을 뒤적이다가 '전화친구 원함/진짜로 친구'라는 광고에 눈길이 닿았다. 심심하던 차에 장난삼아 전화를 건 현경이는 어떤 중년 남자를 만나게 되었다.

"저…전화친구 원한다고해서 …그냥 한번 해봤어요…"

수화기 저편의 남자는 부드러운 목소리로 점잖게 대꾸했다.

"아, 그래요? 학생인가? 목소리가 어려 보이는데…"

"저는 같은 또래 친구 만남 그런 걸 줄 알고…죄송…"

현경이가 서둘러 끊으려하자 남자는 다급하게 말을 이었다.

"아, 아니야, 아니야…잠깐만…아저씨 나쁜 사람 아니야…몇 살이지?"

"중2요, 이제 중3되고요…"

남자는 현경이가 중학생이라는 사실을 알면서도 계속적으로 호기심을 보이며 만나자고 설득했다. 결국 현경이는 남자와 만나게 되었다. 아버지뻘로 보이는 그 남자는 점잖고 나쁘지 않은 차림새를 하고 있었다. 아내와 아이들이 모두 외국에 나가있어 혼자 지내는 시간이 무척 외롭다며, 친구를 사귀어 볼까 하고 광고를 냈다는 남자는 현경이가 딸 같다며 예뻐해 주었다. 맛있는 밥도 사주고 패션타운에 데려가 예쁜 옷도 사주었다. 그리고 용돈도 적지 않게 쥐어주었다. 그렇게 평범한 부녀지간 같은 만남이 몇 번 이어진 뒤 그 남자는 현경이에게 한 가지 부탁을 했다. 거리가 어둑어둑해져가는 시각이었다.

"현경아…우리 어디 가서 잠깐만 쉬었다 가자…오늘 여기저기 다녔더니 좀 피곤한데…"

현경이는 그 말에 왠지 가슴이 철렁했다. 처음 만난 자신에게 여러 가지 선물을 해준 아빠 같은 아저씨에게 고마운 마음이 있었으나 그 말의 느낌은 좀 이상했던 것이다. 현경이는 어찌할 줄 몰라 망설이고 있었다. 그러자 남자가 현경이를 강하게 이끌었다. 그곳은 여관들이 몰려있는 어느 골목 어귀였다. 그 순간 두려움과 호기심 사이에서 갈등하던 현경이는 남자의 손을 뿌리치지 못하고 말았다.

그날 이후로 현경이는 남자가 연락할 때마다 함께 시간을 보내고 용돈을 받아오곤 했다.

청소년을 위한 사랑의 기술

"너 요새 뭐하고 다니길래 돈이 어디서 나니? 알바 하니?"

이혼 후 단둘이 사는 어머니가 이렇게 물으면 현경이는 그렇다고 대답했다. 어머니도 여러 가지 일을 다니느라 딸에게 세심하게 신경 쓸 여유가 없었다.

남자와의 만남은 2~3일에 한번씩 두어 달 정도 이어졌다. 마음에 걸리는 게 없지는 않지만 용돈을 벌 수 있으니 어머니의 부담도 덜어드리게 되어 다행이라고 생각하며 현경이는 스스로를 다독였다. 그러다 만나자는 연락이 뜸해지더니 어느 순간부터 남자에게서는 연락이 끊어버렸다. 현경이는 한동안 더 기다리다가 다른 남자를 찾아 나서게 되었다.

'용돈 떨어진지가 언젠데…더 이상 버틸 수가 없어…'

그 후 다시 몇 차례에 걸쳐 새로 몇 명의 남자들을 만나고 헤어지기를 반복한 뒤 현경이는 얼마 전 또다시 새로운 만남을 갖게 되었다. 고시공부를 한다는 그 남자도 현경이를 마음에 들어해서 만남은 한번으로 끝나지 않았다. 그러나 남자는 돈이 많지 않다며 용돈을 적게 주었다.

"아저씨는 고시공부 한다 그랬죠? 이렇게 맨날 나랑 놀면 공부는 언제 해요?"

어느 모텔 방으로 함께 들어서며 현경이가 장난스레 물었다.

그러자 남자는 일그러지는 미소를 지으며 대꾸했다.

"공부?…공부는 밤에 하지…낮에는 나도 좀 쉬어야 되지 않겠

질풍노도를 헤치고

냐? 흐흐…”

그 순간 남자는 거칠게 현경이를 안으로 밀어 넣으며 말을 이었다.

“니가 뭔데…내가 공부를 하든 말든 상관이야?! 넌 돈 받는 만큼만 해주면 되는 거야!”

몹시 분하고 기분이 상한 듯, 남자는 갑자기 폭력을 휘두르기 시작했다. 현경이는 너무나 돌발적인 상황에 비명도 제대로 지르지 못한 채 고스란히 당하고 말았다.

“아…아…사…살려…주세요…아…”

주먹과 발길질에 온몸이 터지는 것처럼 아픈 가운데 겨우 이렇게 중얼거릴 뿐이었다. 남자는 자신의 분이 다 풀릴 때까지 주먹을 휘둘렀다.

“너, 어디다 신고하면 그 길로 쥐도 새도 모르게 뒈질 줄 알아라…다음에 전화하면 바로 튀어나와야 된다…!”

남자는 자신의 욕정까지 충족시킨 뒤에야 현경이를 보내주며 이렇게 으름장을 놓았다. 남자와 헤어진 뒤에도 현경이는 공포에 질려 정신을 차릴 수 없었다.

‘저 새끼가 저런 미친놈일 줄이야…돈도 많이 안 주더니 저런 또라이 새끼일 줄 알았나…아…이제 어쩌지…아…아파…집에 가면 엄마가 알텐데….“

기다시피 겨우 집으로 돌아온 현경이는 학교 계단에서 굴렀다

청소년을 위한 사랑의 기술

고 거짓말을 하고 이불속으로 몸을 숨겼다. 앞으로 어떻게 해야 할 지 막막할 뿐이었다.

며칠 후, 그 남자가 다시 연락을 해왔으나 현경이는 두려운 마음에 나가지 않겠다고 거절했다.

"이젠 안 때려…니가 나한테 상처를 줬잖아…그래서 그런 거지…안 그럴 테니 만나자…"

남자는 이렇게 말하며 다시 만나기를 원했다. 그러나 더 이상 만나서는 안 되겠다는 결심을 굳힌 듯 현경이는 강하게 거부했다.

"안 나오면 니네 학교 가서 다 까발릴 거야! 그리고 너 발가벗은 사진 찍어놓은 것도 있으니까 인터넷에 쫙 깔아버린다! 당장 나와! 가만 둘 거 같아? 씨바!"

그 후 남자는 거의 매일 전화를 걸어 회유와 협박을 퍼부었다. 그제서야 현경이는 지난 1년의 시간이 후회되기 시작했다. 외동딸을 키우기 위해 밤낮으로 열심히 일하는 어머니 얼굴을 마주 볼 면목도 없을 뿐 아니라 학교도 아무 데도 고개를 들고 다닐 수 없을 것 같아 죽고만 싶었다. 당장이라도 그 남자가 집으로 찾아올듯해서 공포심은 점점 더 커져만 갔다.

'너무 후회스러워…지금이라도 시간을 되돌릴 수만 있다면…누구한테 도와달랠 곳도 없고…무서워…'

얼마 전까지도 '원조교제'라는 표현이 사용되었던 청소년 성매

질풍노도를 헤치고

매는 말 그대로 해석하면 '도와주는 만남'이라고 할 수 있겠다. 이는 일본에서 시작되어 사용되던 용어인데, 일본의 경우 원조교제가 반드시 성관계를 가리키는 것은 아니지만, 국내의 경우 원조교제는 성관계를 포함하는 윤락행위로 한정되어 사용된다. 이러한 국내 사정을 감안할 때 서로 사귄다는 의미의 '교제'라는 표현은 부적절하다고 판단하여 '청소년 성매매'라는 용어로 대체되었다. 즉 청소년 성매매는 '성을 사는 성인뿐 아니라 판매하는 청소년의 행위까지도 포함한 용어이며 어른들이 어린 청소년에게 금전적인 지원이나 기타 편의를 제공하는 대가로 청소년을 성행위의 대상으로 삼는 행위'를 의미한다.

인간의 성은 돈으로 거래될 수 없을 뿐 아니라 협박이나 힘에 의해 강제되어서도 안 된다. 사랑하는 사람끼리 나눌 수 있는 가장 완벽한 사랑의 행위가 바로 성행위라고 할 때, 그러한 행위를 위해 부적절한 만남을 갖는 것은 결코 바람직하지 않다. 그럼에도 이런 관계들이 암암리에 여전히 이루어지는 이유는 무엇일까. 사회적으로 성에 대한 진지한 인식이 부족하고 어릴 때부터 올바르고 깊이 있는 성교육이 제대로 이루어지지 않았기 때문이다. 또한 더욱 즉흥적이고 말초감각적인 자극만을 추구하는 세태에서 어른들 사회의 왜곡되고 일그러진 성문화가 청소년들에게까지 전파되었기 때문이기도 하다.

성은 인간의 정체성을 결정하는 신체적인 특징임과 동시에

청소년을 위한 사랑의 기술

가장 조심스럽게 다루어져야 할 부분이다. 그렇다고 성을 터부시하여 아예 공개적인 논의조차 금기시해야 한다는 것은 아니다. 지금의 성 상품화와 같은 극단적인 왜곡을 경계해야 한다는 의미이다. 매체와 사회 전반에 널리 퍼진 성에 관한 잘못된 인식, 성 상품화는 청소년들에게 성은 그저 농담하듯 가벼운 놀이거리로 인식되고 있다. 혼전 성행위가 문제가 되는 것도 단지 임신과 같은 결과를 초래하기 때문이 아니다. 거기에는 존중과 배려, 절제가 빠져있기 때문이다. 성을 사고자 하는 성인들에게 부족한 것도 바로 존중과 절제이다. 돈만 주면 어른이고 아이고 성욕 해소의 도구로 얼마든지 살 수 있다는 태도를 보라. 돈이면 무엇이든 다 된다고 여기는 세상에서 아이들은 무엇을 배우는가.

현경이도 어느 날 우연히 청소년 성매매의 늪에 발을 들여놓았다. 만약 현경이가 정말로 사랑하는 사람과 사랑의 행위를 했다면, 요즘의 세태에 비추어볼때 너무 어린 나이라는 점을 제외하고는 굳이 비난받을 이유도 남들에게 말 못하고 숨길 이유도 없다. 하지만 현경이는 용돈을 버는 재미로 그런 일을 시작했다. 돈이 아니었다면 굳이 생전 처음 만난 사람과 그런 행위를 하지 않을 것이다. 결국 10대 청소년을 꾀인 것은 돈이다. 돈으로 예쁜 옷을 사고 군것질을 할 수 있다는 기쁨에 아무런 죄의식도 느끼지 못한 채 이 남자 저 남자들을 전전하게 되었다. 그것은 자신의 몸이 얼마나 소중하며, 돈으로 거래될 수 없는 존엄한 존재임을 미처 깨닫지 못하였기 때문이다. 누구도, 스스로를 존중하지 않는 상대에게 인간적인 대우를 해주지 않는다. 특히 마지막 남자는 이상하다. 뜬금없이 폭력을 행사하고 공갈 협박도 서슴지 않는다. 이에 현경이는 도망치고 싶지만 도망갈 구멍이 어딘지 알 수 없다. 여기서 문득 이런 의문이 든다. 만약 아무 탈 없이 그런 만남이 지속된다면 현경이는 과연 나중에 어떻게 될까. 육체와 영혼이 모두 병들어버린 이후에야 스스로를 돌아보게 될까. 그러느니 차라리 그쯤에서 제동이 걸린 것이 천만다행은 아닐까.

그동안 현경이는 자신이 무슨 짓을 하는지 알지 못하고 있었다. 이제 어떻게 그 수렁에서 빠져나올 수 있을지, 고민해보자. 분명한 것은 지금부터라도 현경이가 자신의 문제를 분명하고 정확하게 인식해야 한다는 점이다. 단순히 도망치고 싶은 이유가, 폭행이 무섭기 때문이라면 근본적인 문제 해결이 어렵다. 중학교 2학년 나이에 자발적으로 성매매를 시작한 것은 매우 위험하고 그릇된 판단이었음을 인정해야 한다. 스스로의 잘못에 대한 진지한 반성이 선행된 후, 용기와 결단력을 가지고 현재 자신의 상황을 주변에 알려야 한다. 어머니께 미안하고 친구들보기 부끄럽다는 이유로 감춘다 해서 해결될 문제는 아니다.

그러므로 가장 먼저 어머니께 상황의 위급성에 대해 털어놓아

청소년을 위한 사랑의 기술

야 한다. 또한 폭력을 휘두를 뿐 아니라 성 매수와 공갈 협박까지 일삼는 남자는 경찰에 신고함으로써 법의 도움을 받을 수 있다. 그때 현경이도 조사를 받거나 힘든 상황이 이어질 수도 있지만 그것은 자신이 미처 스스로의 삶에 대해 진지하게 탐색하는 과정을 건너뛴 최소한의 벌이라고 생각하자.

세상에 완전한 사람은 없다. 아무리 완벽해 보이는 사람일지라도 그 나름의 실수를 저지른다. 한 번의 실수가 평생의 족쇄가 되어서는 안 될 것이다. 그러기 위해서는 현경이 자신의 용기와 의지가 필요하다. 현재의 상황을 당당히 헤쳐 나가겠다는 용기, 앞으로는 자신의 인생에서 스스로가 주인이 되겠다는 의지 말이다.

만에 하나, 현재 상황을 비관하고 절망하여 누구에게도 용기 내어 알리지 못한 채 더 나쁜 상황으로 스스로를 몰아가서는 안 된다. 이미 늦었다고 절망하기엔 아직 너무 젊지 않은가. '비온 뒤에 땅이 굳어진다'는 말이 있으니 더욱 용기를 내보자.